1분

1분

초판 제1쇄 발행일 2017년 8월 30일
초판 제9쇄 발행일 2024년 7월 30일
지은이 최이랑
발행인 조윤성 발행처 (주)SIGONGSA
주소 서울시 성동구 광나루로 172 린하우스 4층(우편번호 04791)
대표전화 02-3486-6877 팩스(주문) 02-585-1247
홈페이지 www.sigongsa.com / www.sigongjunior.com

ISBN 978-89-527-8589-3 43810
ISBN 978-89-527-5572-8 (세트)

*SIGONGSA는 시공간을 넘는 무한한 콘텐츠 세상을 만듭니다.
*SIGONGSA는 더 나은 내일을 함께 만들 여러분의 소중한 의견을 기다립니다.
*잘못 만들어진 책은 구입하신 곳에서 바꾸어 드립니다.

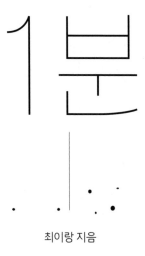

최이랑 지음

SIGONGSA

1

그럴 줄 알았다면 그날, 나는 그곳에 가지 않았을 거야.

그럴 줄 알았다면 써버는 그날, 그곳으로 우리를 부르지 않았겠지.

하지만 어느 누구도 그날, 거기에서 그런 일이 일어날 거라고는 상상조차 하지 못했어. 우리에게 미래를 내다보는 능력 따위는 애초에 없으니까!

2

확실히 해가 길어졌다. 학기 초만 해도 저녁을 먹으러 갈 즈음이면 교정 가득 어스름이 깔렸는데, 이제는 해가 중천에 있는 느낌이 들었다. 물론 해는 하늘 한가운데 있지 않았다. 서쪽 구름 사이로 해는 비스듬히 기울어 갔고, 구름은 옅은 분홍빛으로 물들었다.

"시간 진짜 빠르지 않냐?"

교실을 나서며 유수는 서쪽 하늘을 보았다. 지난주에 중간고사 끝나고, 딱 주말을 보냈을 뿐인데 학교에서는 벌써 야간 자율 학습을 하라고 난리였다.

"시험 치느라 애썼는데 며칠이라도 쉬게 해 주면 안 되나?"

"시험 칠 때도 날마다 쉬었다면서? 또 쉬게?"

유수와 함께 급식실로 향하는 서연이가 빙글거리며 말했다. 유수보다 한 뼘쯤 작은 키에 검은 뿔테 안경을 쓴 서연이는 우등생에 모범생티가 팍팍 났다. 시험도 끝났는데 한 손에는 영어 단어집을 들고 있었다.

"시험 끝나기가 무섭게 영어책 들고 다니는 애 앞에서 내가 못할 소리 했다."

유수가 서연이 어깨에 한쪽 팔을 둘렀다. 유수의 뽀얀 얼굴에는 웃음기가 가득했다.

"그냥 손이 심심해서 들고나온 거야."

변명이라도 하듯 서연이는 단어집을 흔들었다. 유수는 고개를 설레설레 저으며, 휴대폰을 꺼냈다. 이것만 있으면 심심할 짬이 없었다.

"넌 정말 휴대폰 안 쓸 거야?"

유수는 서연이와 함께 배식 줄 끄트머리에 나란히 서서 물었다. 서연이는 고등학교에 들어오면서 휴대폰을 없앴다. 공부와 친해지겠다고 단단히 벼른 거였다.

"너 없으니까 채팅방이 쓸쓸해."

유수가 단체 채팅방을 열며 서연이에게 어리광을 부렸다. 서연이는 가볍게 눈을 흘기며 피식 웃었다. 서연이가 습관처럼 짓는 표정이었다.

"어, 야, 야, 야! 이것 좀 봐!"

유수가 휴대폰을 들여다보며 서연이 어깨를 마구 두드렸다. 서연이는 유수의 손을 피하며 왜 그러느냐 물었다. 유수의 휴대폰에 문자 수신 알림음이 연달아 울렸다.

"이거 봐! 보미랑 소혜도 난리가 났는데 너만 모르고 있잖아!"

"왜, 뭔데 그래?"

서연이가 고개를 슬쩍 내밀어 휴대폰을 들여다보았다. 그러는 새 배식 줄이 성큼 줄어들었다.

"써버 콘서트 한대!"

유수가 활짝 미소를 지었다.

"진짜? 언제?"

서연이는 잔뜩 흥분한 얼굴로 유수의 휴대폰을 잡았다. 둘은 배식 줄에서 빠져나왔다. 지금 상태로는 밥과 반찬을 받아 들고, 급식실에 앉아 얌전히 밥을 먹을 수 없었다.

"6월 3일 저녁 7시!"

"그럼 한 달 뒤잖아?"

휴대폰까지 없애며 공부에 매진하겠다 다짐한 서연이도 써버 공연만큼은 포기할 수 없었다.

"보미랑 소혜도 온대. 우리 매점으로 가자."

유수는 셋이 쓰는 단체 채팅방에 매점으로 오라는 메시지를 남기고 서연이와 팔짱을 꼈다. 두 달 전에는 서연이까지 넷이 함께였던 채팅방이었다.

한창 급식실이 붐빌 시간인데도 매점은 인기였다. 빵과 쿠키를 파는 진열장 앞은 물론 탁자와 의자에도 아이들이 가득했다. 대부분 3학년 언니들이라 유수와 서연이는 빵과 탄산음료 하나씩을 사서 매점 밖으로 나왔다. 둘은 매점 앞에 있는 정자 구석에 겨우 자리를 잡았다.

보미와 소혜를 기다리며 유수랑 서연이는 빵을 뜯어 먹었다. 시선은 휴대폰에 뜬 써버 공식 홈페이지에 꽂힌 채였다.

"팬클럽 회원만을 위한 팬미팅 콘서트래."

유수는 한껏 들떠 어깨를 들썩거렸다. 서연이도 영어 단어집을 품에 안은 채 생글거렸다.

"너희들 저녁 안 먹었어?"

체육복 바지 끝단을 둘둘 말아 입은 보미가 쿵쿵거리며 다가와 서연이 옆에 앉았다. 소혜도 긴 생머리를 찰랑거리며 따라왔다. 하지만 보미처럼 바닥에 털썩 엉덩이를 붙이지는 않았다. 소혜는 곱게 주름이 들어간 교복 치마를 끔찍이 아꼈다.

"이렇게 기막힌 뉴스를 보고 어떻게 밥을 먹어?"

유수가 흥감스레 보미와 소혜를 반겼다. 성격은 조금씩 다르지만 서연이까지 넷은 중학교 2학년 때부터 일조여자고등학교에 다니는 지금까지 쭉 붙어 다녔다. 그리고 넷의 우정 한가운데에는 아이돌 그룹 써버가 있었다.

보컬 셋과 래퍼 하나로 이루어진 써버는 강렬한 노랫말과 칼군무로 무대를 압도했다. 거기다 패션 센스도 넘치고, 얼굴은 꽃미남 일색이어서 바라만 봐도 행복한 기운이 넘실거렸다. 또 마음씨까지 고와서 방송가에서는 두루두루 실력 있고 인성 좋은 그룹으로 칭송을 받았다. 그뿐 아니라 써버는 팬 바보라 불릴 만큼 팬 사랑도 극진했다. 어떤 상황에서든 팬을 향해 얼굴 한 번 찡그리지 않았다. 팬을 바라보는 눈에서는 항상 붉은 하트가 터져 나왔다. 그러니 어찌 써버를 사랑하지 않을 수 있을까. 그건 거의 불가항력이라고 유수는 굳게 믿고 있었다.

"팬클럽 회원만 대상으로 한다는 거지?"

소혜가 쌍꺼풀 진 큰 눈을 반짝이며 물었다.

"응, 데뷔 3주년 기념 팬미팅 콘서트! 딱 써버답지 않니?"

공지 사항에 뜬 문구만으로도 아이들은 콘서트장 한가운데 있는 것처럼 들뜨고 설레는 기분이었다.

"내일 저녁 8시에 티케팅 한대."

유수의 목소리가 불꽃처럼 터졌다.

"으아, 내일?"

서연이랑 보미가 동시에 소리쳤다. 내일이면 목요일, 당연히 자율 아닌 자율 학습을 해야 하는 날이었다.

"불쌍한 고딩들은 어쩌라고 평일 저녁 티케팅이야!"

"차라리 밤 12시에 하지."

볼멘소리가 툭툭 튀어나왔다. 그래도 입가에 걸린 기쁨은 감출 수 없었다.

"팬클럽 회원만 대상으로 하는 거니까, 경쟁률이 팍 줄어들겠지?"

"물론! 근데 팬클럽 회원만 해도 2만 명 아니냐?"

서연이의 지적에 얕은 한숨이 돌았다.

"그래도 10만 명이랑 경쟁하는 거보다 훨씬 낫지. 안 그러냐?"

보미가 어깨를 쫙 펴며 씩씩하게 굴었다. 유수 못지않은 긍정 소녀다웠다.

"티켓값도 완전 싸!"

유수가 목청을 높였다. 세 아이의 눈이 동시에 유수를 향했다. 유수는 손바닥을 쫙 펴 들었다.

"5만 원?"

유수는 절레절레 고개를 저었다.

"설마 5천 원?"

소혜의 말에 유수는 "빙고!"를 외쳤고, 서연이와 보미는 "우아!" 탄성을 질렀다. 역시 써버는 지구에 하나밖에 없는 팬 바보 아이돌이 틀림없었다.

"너희들 다 갈 거야?"

소혜가 걱정 가득한 얼굴로 물었다.

"딱 그날이 울 아빠 생신이거든. 저녁 같이 먹어야 해."

소혜가 풀 죽은 목소리로 말했다. 다른 아이였다면 가족 약속은 한 번쯤 제쳐 버리라고 졸랐을 텐데 소혜에게는 그럴 수 없었다. 소혜네 집은 아빠가 왕이었다. 아빠의 말 한마디면, 팥으로 메주를 쑨다고 해도 믿어야 했다. 그게 소혜네 법이었다.

"하필 그날이 그날이냐."

같이 가자는 말은 건네지도 못하고, 유수는 소혜 어깨에 팔을 얹었다. 진심으로 소혜를 위로해 주고 싶었다.

"그나저나 티케팅에 성공을 해야 갈 수 있을 텐데!"

서연이가 근심이 가득한 눈으로 아이들을 보았다. 뾰족한 수가 없는 건 다들 마찬가지였다.

"선생님한테 사정 설명하고 잠깐 피시방에 갔다 올까?"

"선생님이 허락해 줄까?"

2반 보미네 담임 선생님이라면 몰라도, 6반인 서연이랑 유수네는 어림없었다. 6반 담임 선생님은 일조여고 '까탈 대마녀'였다. 쓰러지기 일보 직전이 아니면 아무리 아프다고 데굴데굴 굴러도 조퇴증 한번 시원하게 끊어 주질 않았다.

"네가 나가서 우리 것까지 다 끊어 줄래?"

"내 손이 그렇게 빠르겠냐?"

보미 실력이라면 아주 꽝은 아닐 거였다. 그래도 한꺼번에 세 장은 무리일 수 있었다.

"난 동생 시켜야겠다."

서연이가 야무지게 말을 맺었다. 이제 막 중학생이 된 서연이 동생은 언니 말을 무척 잘 따랐다. 그리고 나이에 어울리지 않게 꼼꼼하면서도 어른스러웠다. 서연이 동생이라면 티켓을 무조건 잡아 줄 것이다.

"나는 엄마한테 부탁해야겠다."

유수가 입술을 오물거리며 답을 내렸다. 유수 엄마도 그룹 써버의 팬이라면 팬이었다. 딸 옆에서 날이면 날마다 써버의 노래를 듣고, 사진을 보고, 이야기를 들었으니까. 게다가 유수와 마찬가지로 써버의 리더, 제이가 멋지다고 했다.

"너희 엄마도 같이 가자는 거 아니냐?"

보미가 싱글거리며 유수를 보았다.

"팬클럽 회원 한정이잖아. 울 엄마는 아직 팬클럽 회원까진 아니거든."

딱 하나 걸리는 건 엄마의 수업 시간표였다. 엄마는 학원에서 중학생들에게 국어를 가르치는데, 보통 밤 9시나 되어야 수업이 끝났다. 그러니까 쉬는 시간이 아닌 수업 시간에 걸리면 엄마도 유수의 부탁을 들어줄 수 없었다.

"제발, 우리 모두 티케팅에 성공하길!"

보미가 기도하듯 두 손을 모으고 몸을 흔들었다. 유수랑 서연이도 보미처럼 두 손을 모으고 눈을 감았다. 눈앞에 신이라도 있는 것처럼 아이들은 입을 모아 외쳤다.

"제발!"

동시에 급식 시간 끝나는 종이 울렸다. 이제 각 반으로 흩어져야간 자율 학습을 해야 했다. 교실에 갇혀 늦은 밤까지 이어지는 자율 학습이 유수는 참 답답했다. 그래도 학교의 규율이니 따를 수밖에 없었다.

"야, 공연장이 어디라고?"

자리에 앉자마자 서연이가 몸을 돌려 물었다. 같은 반 서연이는 유수의 바로 앞자리였다.

"서진홀. 3천 명 정도 들어가나 본데?"

"3천 명? 이왕 하는 거, 큰 데서 하지!"

서연이는 삐죽 입을 내밀었다.

아무리 훌륭한 공연이라도 시설이 좋지 않으면, 제대로 감상할 수 없었다. 물론 써버와 리더 제이를 보러 가는 게 8할을 차지하긴 하지만 그래도 이왕이면 하는 마음은 숨길 수 없었다.

"마지막 콘서트 끝난 지 몇 달이나 됐다고 또 큰 공연을 하겠냐? 써버도 좀 쉬엄쉬엄해야지. 그새 콘서트 열어 주는 게 어디야!"

유수의 말에 서연이는 고개를 끄덕이며 아쉬움을 덮었다. 그러는 새 야간 자율 학습이 시작됐다. 아이들은 책상에 코를 박고 열심히 공부하는 척 연기를 했다. 그래야 자습 점수를 얻을 수 있고, 그래야 생활 기록부에 좋은 평을 남길 수 있었다. 물론 그 중에는 진짜배기로 열심히 공부하는 아이도 있었고, 점수는 나 몰라라 담을 쌓은 채 드렁드렁 코를 골아 버리는 아이도 있었다. 유수는 그런 아이들 가운데 딱 중간이었다. 그런데 오늘은 도통 공부에 집중할 수 없었다.

유수는 복도에서 왔다 갔다 하는 감독 선생님의 눈을 피해 휴대폰을 꺼냈다. 자습 시간에 휴대폰을 만지다 걸리면 '일주일 압수'라는 어마어마한 벌을 받아야 했다. 그래서 어지간하면 지키고 싶었다. 하지만 오늘은 어쩔 수가 없었다. 당장 확인해야만 했다.

유수는 휴대폰의 검색창에 '서진홀'을 입력했다. 일단 지하철 7호선 서진역에 가깝다니 교통편은 마음에 들었다. 집에서 40분도 안 걸릴 거리였다. 블로거들의 평도 나쁘지 않았다. 새로 만든 지 얼마 되지 않은 공연장이라 음향도 좋고, 조명도 최신 설비라 했다. 객석 의자도 편안하고 어느 위치에서든 무대가 잘 보인다고 했다. 어떤 사람은 '꿈의 공연장'이라며 서진홀을 높이 평가했다. 블로거의 평이 100퍼센트 사실이라면, 유수는 제이의 얼굴을 원 없이 볼 수 있을 듯했다. 쿵쿵 가슴이 뛰기 시작했다. 입꼬리도 배시시 올라갔다. 티켓값이 싸다고, 아무 공연장이나 덥석 잡을 써버가 아니었다. 그야말로 괜한 걱정을 한 거였다. 유수는 얼른 휴대폰을 서랍에 넣었다. 서진홀 홈페이지와 관련 블로그를 몇 개나 돌아다니며 살폈는데, 선생님의 눈에 걸리지 않았다. 운이 좋았다. 이대로라면 티케팅도 무사히 성공할 것 같았다.

3

제이 슬로건에 써버 봉 그리고 깔고 앉을 자그마한 방석까지. 유수는 가방 안을 다시 한 번 꼼꼼히 살폈다. 마지막으로 콘서트 티켓까지 챙기자 마음이 개운했다. 준비는 완벽했다.

유수는 책상에 네모난 거울을 세워 두고, 비비 크림과 쿠션 팩트를 톡톡 두드려 발랐다. 눈썹에는 아이브로펜슬로 표시 안 나게 살짝 칠했다. 마지막으로 틴트를 꺼내 입술에 반짝반짝 생기를 입혔다. 천사 장식 거울에 함박웃음을 띤 얼굴이 나타났다. 모든 것이 마음에 쏙 들었다.

휴대폰을 챙겨 들고 유수는 방을 나섰다. 거실 창문을 활짝 열어 놓고 청소를 하던 엄마가 유수를 돌아보았다. 잔소리가 100발쯤 장전된 표정이었다.

"벌써 나가?"

"응. 친구들 만나서 점심 먹고 쇼핑몰 구경도 하려고."

유수는 가볍게 목소리를 날렸다. 지금 얼마나 마음이 급한지 엄마에게 보여 주려는 거였다. 하지만 엄마는 본연의 임무를 게을리하지 않았다.

"신난다고 방방 떠서 돌아다니지 말고 공연 끝나면……."

"네, 네! 잽싸게 돌아오겠사옵니다!"

신발을 신으며 유수는 엄마의 말을 끊었다.

"몇 시에 끝난댔지?"

엄마의 성화에 못 이겨 냉장고 청소를 하고 있던 아빠가 유수를 쫓아 현관 쪽으로 나왔다. 아빠도 아빠네 학교에서는 엄격하고 사나운 선생님으로 유명하다던데, 집에서 보면 영 거짓으로 들렸다.

"7시 공연이니까 10시 전에는 끝날 거예요!"

"그럼 11시 전에는 도착하는 거지?"

유수는 두 눈을 초승달처럼 만들며 아빠에게 오케이를 외쳤다. 아빠가 유수의 애교를 받고 벙긋 웃었다.

출발 준비 완료. 유수는 서둘러 집을 나섰다.

유수는 집 앞 지하철역에서 서연이와 보미를 만났다. 만나자마자 셋은 써버 봉을 꺼내 흔들었다. 기다란 연회색 봉에 'SEVER'라는 글자가 주황색으로 찬란하게 빛났다. 공연장에서 보면 까만 밤하늘에 써버를 사랑하는 별이 가득한 것 같았다. 그래서 써버 팬클럽 회원들은 써버 봉을 사랑했다.

사람들이 신기하다는 듯 세 아이와 써버 봉을 힐끔거렸다. 모르는 사람들에게는 낯선 물건이었다. 셋은 키득거리며 써버 봉을 가방에 넣었다.

"울 엄마가 왜 하필이면 팀 이름이 써버냐는데?"

지하철 빈자리에 나란히 앉으며 서연이가 말했다. 유수와 보미는 두 눈을 슴벅이며 서연이를 보았다. 서연이 엄마가 왜 그런 말을 했는지 궁금해서였다.

"써버는 '둘로 자르다, 분리되다' 그런 뜻이라면서."

"에이, 그건 사전적 뜻이지."

유수가 서연이의 말을 막았다. 서연이도 고개를 끄덕이며 그 말에 동의를 표했다.

"세상과 분리되어 자기만의 음악을 꿈꾼다! 알지?"

보미가 덧붙여 설명했다. 서연이도 모를 리 없었다.

"울 엄마가 원래 세상이 정해 준 대로만 생각하는 분이시거든. 엄마한테는 정해진 길 말고 다른 길은 없어."

"딱 네 엄마다우시다."

유수가 생글거리며 서연이의 머리를 흩뜨렸다. 서연이는 눈을 가늘게 뜨고 유수를 쳐다보았다. 서연이가 툭하면 짓는 표정이었다. 유수는 손가락으로 서연이의 눈가를 톡톡 두드렸다. 그러면 마술처럼 표정이 풀렸다.

"오늘 트랙 리스트 나왔다!"

보미가 휴대폰을 들여다보며 소리쳤다. 유수도 서둘러 써버의 공식 홈페이지에 접속했다. 서연이는 보미와 유수 사이에서 휴대폰 속 세상을 탐색했다.

"와, 오늘 '마이 라스트'도 부른대!"

"나도 그거 진짜 듣고 싶었는데!"

최근 앨범에 수록된 '마이 라스트'는 마지막까지 네 곁에 남아 있을 사람이 나라는 서정적인 가사에 피아노 반주가 근사하게 어울린 미디엄 템포 곡이었다. 항상 강렬한 춤과 노래만 보여 주던 써버가 미디엄 템포의 곡을 어떻게 보여 줄지 궁금했다.

"춤도 추겠지?"

미디엄 템포에 맞추려면 강렬하기만 했던 춤도 달라질 거였다. 공연 시간까지 어떻게 기다릴까 싶을 만큼 기대감이 커졌다.

"아, 꼭 펜스 잡아야지!"

"나도!"

펜스는 무대 앞에 설치된 안전판이었다. 그걸 넘어가면 바로 무대라, 펜스를 잡는다면 관객으로서는 가장 가까이에서 무대를 볼 수 있었다. 그만큼 자리다툼이 치열했다.

"펜스 잡으려면 일찍 줄 서야 하니까 가자마자 밥만 먹고 바로 공연장으로 오자."

유수가 두 눈을 반짝이며 제안했다.

"2시 정도밖에 안 될 텐데!"

서연이가 얕게 한숨을 뱉었다. 2시부터 6시까지 대기하다가 공연장에 들어가서 다시 한 시간을 기다리며 사람들에게 치일 생각을 하니 벌써부터 식은땀이 났다. 그래도 이왕이면 펜스 앞이 좋았다. 잘하면 공연하는 멤버들이랑 하이파이브를 할 수도 있었다.

"점심을 엄청 잘 먹어야겠다!"

보미가 주먹을 불끈 쥐었다. 유수와 서연이도 보미처럼 주먹을 쥐고 손을 한데 모았다. 소혜까지 있으면 더없이 좋을 사총사였다. 보미는 다시 휴대폰을 살폈다. 써버의 홈페이지는 물론 SNS에도 팬미팅 콘서트와 관련된 글들이 속속 올라왔다.

"지금 써버 멤버들 숍에 있나 봐!"

보미가 써버의 SNS에 방금 올라온 사진을 들이밀었다. 미용실에서 멤버들이 스타일링을 마치고, 찍어 올린 사진이었다. 사진 아래 '금방 만나!'라는 글도 적혀 있었다.

"오빠들도 우리를 빨리 만나고 싶은가 봐!"

셋은 휴대폰을 품에 안고 몸을 흔들며 기뻐했다.

시끌벅적 떠들다 보니 서진역이었다. 셋은 부리나케 지하철을 빠져나왔다. 역사 창밖으로 초록색 버드나무가 살랑살랑 춤추듯 흔들렸다. 꼭 아이들의 들뜬 마음 같았다. 지하철역에서 바라다보이는 서진타운 건물에는 그룹 써버의 사진이 큼지막하게 걸려 있었다. 가슴이 쿵쾅쿵쾅 방망이질을 쳤다. 빨리 공연장에 들어가 쿵쿵 울리는 음악 속에서 써버를 만나고 싶었다. 셋의 걸음이 여느 때보다 빨라졌다.

셋은 횡단보도를 건넜다. 그리고 야트막한 언덕길을 올랐다. 언덕 끝에 3층짜리 서진타운이 있었다. 서진타운 1층에는 3천여 석 규모의 최첨단 공연장이 있고, 그 앞으로 작은 전시장과 패스트푸드점이 자리를 잡고 있었다. 2층은 젊은 여성층을 공략하는 쇼핑몰이, 3층은 세계 각국의 전통 음식이 그득한 식당가였는데, 지구촌 현지에서 맛볼 수 있는 모든 음식을 한자리에 모았다고 대대적으로 홍보를 하는 곳이었다. 뭘 먹을까 고민하는 시간만으로도 셋은 충분히 행복할 거였다. 하지만 지금은 공연이 먼저였다. 셋은 부리나케 공연장으로 향했다.

서진타운 입구에서부터 공연장까지 꽤나 널찍한 로비가 있었다. 그곳은 그룹 써버의 사진과 기발한 문구가 적힌 화환으로 빽빽했다. 아이들은 휴대폰에 부지런히 사진을 담았다. 써버 팬미팅 콘서트 포스터도 여러 장 찍었다. 알록달록 향기로운 화환 옆에서 갖가지 포즈도 취했다. 그럴수록 공연에 대한 기대감이 쑥쑥 자랐다. 후텁지근한 열기까지 느껴질 정도였다.

"좀 덥지 않냐?"

유수가 손바닥으로 이마를 톡톡 두드렸다. 팩트를 바른 이마가 번질번질할 것 같았다. 서연이와 보미의 볼도 붉게 달아올라 있었다.

"에어컨이 안 되나?"

서연이가 고개를 갸우뚱 기울였다.

"이런 건물에 에어컨이 안 되면 장사가 되겠냐?"

보미가 서연이의 말을 되받았다. 일리 있는 말이었다.

공연장 입구 오른편으로는 공식 팬클럽 기념 굿즈 판매 부스가 설치되고 있었다. 써버 멤버들의 얼굴이 인쇄된 물병과 열쇠고리, 티셔츠가 주류였다. 당장 열쇠고리라도 사려고 했는데 2시 이후부터 판매한다는 직원의 대답이 돌아왔다. 또래 아이들도 하나둘 공연장으로 들어오기 시작했다.

"우리 일단 먹고 오자!"

아직 1시도 되지 않았지만 마음이 바빴다. 셋은 공연장 뒤쪽에 있는 에스컬레이터에 몸을 실었다. 2층에 닿자 크고 작은 쇼핑몰이 셋의 눈길을 붙잡았다. 기둥 하나 없이 탁 트인 공간에 아기자기한 진열이 한눈에 들어왔다. 이대로 밥만 먹고 돌아가기는 아쉬웠다.

"저기 베타문구에 내가 찜해 놓은 물감 있을 것 같다!"

서연이는 오른쪽 끄트머리에 있는 베타문구에서 눈을 떼지 못했다.

"너 아직 화가 꿈, 안 버렸냐?"

유수가 물었다.

"그 꿈을 내가 어떻게 버려. 집안 형편 생각해서 잠시 접어놓은 거지."

아쉬운 듯 서연이는 콧잔등을 찡그리고, 3층으로 향하는 에스컬레이터에 올랐다. 유수가 한숨을 푹 내쉬었다.

"나는 접어놓을 꿈도 없고, 이게 뭐냐."

"네가 뭐가 어때서?"

서연이가 또 가자미눈을 떴다.

"하고 싶은 게 하나도 없어. 진짜 관심사는 온리 써버 하나뿐이야."

"그럼 나랑 같이 댄서 하면 되겠네. 우리 써버 백댄서 하자!"

보미가 유수의 팔을 휘감았다.

"너는 춤이 되잖아. 나는 춤이 안돼!"

유수가 고개를 휘휘 저었다.

"해 보지도 않고 왜 먼저 안 된다고 그래? 해 보자, 응? 써버 따라서 해외 공연 다니면 얼마나 좋겠어!"

상상만으로도 가슴이 일렁거렸다. 하지만 상상은 상상일 뿐이었다. 지금 당장은 빨리 먹고, 좋은 자리를 차지하는 게 우선이었다. 3층 식당가에 닿은 셋은 바지런히 눈을 굴렸다. 한눈에 보기에도 3층에는 어마어마하게 많은 식당이 있었다.

"뭘 먹어야 밤늦게까지 버틸 수 있을까?"

"지금 먹고 어떻게 밤까지 버텨! 이따가 햄버거 하나씩 포장해서 갖고 내려가자."

보미의 말에 셋은 헤벌쭉 웃으며 고개를 끄덕였다. 그리고 곧장 '한식 거리' 팻말이 붙은 오른쪽 마지막 복도를 향해 걸음을 옮겼다. 점심은 든든하게 밥으로 채우기로 했다. 다행히 한식 거리 쪽은 무척이나 한산해 보였다. 생각보다 일찍 밥을 먹을 수 있을 듯했다.

"빨리 먹고 2층 구경도 조금만 하자."

서연이가 애교를 떨 듯 몸을 흔들었다. 빨리 식사를 마치게 된다면 구경할 만한 짬이 있을 것 같았다. 그런데 문제가 생겼다. 한식 거리 입구에 붉은 띠가 쳐진 낮은 쇠기둥이 있었고, 그 위에 '출입 금지'라고 적힌 하얀 종이가 붙어 있었다. 급하게 써서 붙여 놓은 듯했다.

"무슨 일 있나?"

셋은 고개를 갸우뚱거리며 한식 거리를 내다보았다. 오른쪽 상점들은 아예 문을 닫은 듯 어두웠다. 조명이 전혀 켜 있지 않았다. 왼편에는 서진타운 직원으로 보이는 사람들만 무수히 복닥거렸다. 그들은 무전기를 하나씩 들고, 심각한 얼굴로 얘기를 나누고 있었다. 어디에선가 시큼한 냄새가 나는 것 같았다.

셋은 얼굴을 찌푸리며 몸을 돌렸다. 맞은편에 중식 거리가 보였다. 거기에는 사람이 제법 많았다.

"2층 구경은 못 하겠다!"

서연이가 아쉬운 듯 구시렁거렸다. 셋은 중식 거리의 오른쪽 첫 번째 식당으로 들어갔다. 중식당 특유의 춘장 냄새가 훅 끼쳤다. 환기가 제대로 안 되는 모양이었다. 게다가 조리실 열기 때문인지 유난히 덥게 느껴졌다.

"다른 데로 갈까?"

서연이가 조심스럽게 물었다. 하지만 귀한 시간을 식당을 찾느라 허비할 수 없었다. 셋은 얼른 먹고 나가기로 하고, 새우 볶음밥과 잡채밥, 짬뽕을 각각 시켰다. 아무리 급해도 입맛은 존중해 줄 필요가 있었다.

"무슨 식당이 이렇게 덥냐?"

유수의 이마에 삐질삐질 땀이 배어났다. 6월 초순인데도 마치 7월 한가운데 있는 듯했다.

"평년보다 5도가량 웃도는 날씨라잖아."

서연이가 새치름하게 말을 맺었다.

"그래도. 이렇게 큰 식당에서 땀이라니!"

유수는 투덜거리며 단무지에 식초를 뿌렸다. 모처럼 비비에 팩트까지 바르고 나왔는데, 때아닌 땀 때문에 스타일이 구겨졌다. 그런데 갑자기 '우르릉'거리는 소리가 났다. 셋은 주위를 두리번거렸다. 소리가 날 때마다 발바닥으로 가벼운 진동이 느껴졌다. 바로 옆을 지나는 지하철 때문인 것 같았다. 다른 식탁에서 불만이 터져 나왔다.

"에어컨 실외기가 고장 나서요. 지금 수리 중이니까 조금만 참아 주세요."

매니저로 보이는 사람이 허리를 반쯤 숙이며 옆 식탁 손님에게 사정을 했다. 그 모습을 보니 조금 안쓰러운 마음도 들었다. 다행히 음식은 금방 나왔다. 중식으로 선택하길 잘한 것 같았다.

"빨리 먹고 내려가자!"

유수는 어깨까지 내려오는 머리를 질끈 묶어 올렸다. 서연이는 한 손으로 흘러내리는 머리카락을 잡고, 짬뽕 면을 후루룩 빨았다. 짧은 커트 머리인 보미는 생글거리며 새우 볶음밥을 먹었다. 입안에 맛있는 음식이 들어가고, 보기만 해도 기분 좋은 친구가 함께 있으니 에어컨 고장 따위는 문제가 될 수 없었다. 게다가 셋은 곧 그룹 써버의 공연을 마주할 거였다.

4

눈길 잡는 2층을 뒤로하고 셋은 공연장으로 곧장 내려왔다. 밥을 먹어서인지, 3층 식당가의 조리 열기 때문인지 1층으로 내려와도 후텁지근한 공기를 떼어 낼 수 없었다. 몸 구석구석에 들러붙은 트랜스 지방 같았다. 셋은 1층 패스트푸드점에서 햄버거 세트를 하나씩 사려다 그만두었다. 저녁때까지 갖고 있다가는 음식이 몽땅 상할 거였다. 저녁 무렵 한 사람이 가서 사 오기로 뜻을 맞췄다.

공식 팬클럽 굿즈 판매 부스에는 고만고만한 아이들이 떼를 지어 몰려 있었다. 그새 문을 연 거였다. 셋은 부리나케 부스로 달려가 각자 좋아하는 멤버의 열쇠고리를 하나씩 샀다. 유수는 보컬 제이의 열쇠고리를 하나 더 골랐다.

"엄마 주려고?"

"이 매정한 것들아, 고새 소혜를 잊었냐?"

유수의 말에 서연이와 보미는 손뼉을 치고 온몸을 흔들며 웃었다. 어디서 보고 있는 것처럼 소혜에게서 문자가 왔다. 친구 떼어 놓고 공연 보러 가니 좋냐는 물음이었다. 유수는 얼른 열쇠고리를 찍어 단체 채팅방에 올렸다.

유수 이 몸이 너를 위해 구입한 것!

소혜 아, 넘나 이쁜 것! ㅋㅋ

보미 여기 넘나 더운 것!

문자 끝에 보미는 땀을 비 오듯 흘리는 곰돌이 이모티콘을 붙였다. 소혜에게서 금세 반응이 왔다.

소혜 열기가 후끈?

공연장 사정을 알 리 없는 소혜가 엉뚱한 질문을 던졌다.

보미 ○○ㅋ 고장

소혜 설마 에어컨?

유수 ○○ㅠㅠ

소혜 그냥 와 버럿!

자기가 못 온다고 소혜는 막말을 했다. 유수와 보미는 서진타운에서 찍은 사진을 우르르 채팅방에 올렸다.

유수 에어컨 고장 따위 상관없음! 넘나 신난 것! ㅎㅎㅎㅎ

보미는 혀를 날름거리는 이모티콘을 채팅방에 띄웠다. 소혜는 결국 항복하고, '즐콘'하라는 문자를 보내왔다. 부러워 죽겠다는 이모티콘도 연속으로 세 개나 보냈다. 유수와 보미는 까르르거리며 휴대폰을 가방에 넣었다. 잠깐이나마 손가락으로 열띠게 수다를 떨었더니, 공연에 대한 기대감이 다시 살아났다.

열쇠고리를 챙기고 셋은 관객 대기석으로 갔다. 이미 스무 명 남짓한 사람들이 자리를 잡고 있었다. 공연장마다 펜스를 잡고 대포 사진을 찍는다는 유명한 무리였다. 셋은 무리 뒤편에 얌전히 자리를 잡았다. 이만큼이라도 앞쪽에 설 수 있음이 감사했다.

셋은 작은 방석을 깔고 자리에 앉았다. 보미와 유수는 휴대폰을 꺼내 들었다. 서연이는 여전히 둘 사이에 끼어 있었다.

"휴대폰 없으니까 팬질하기 정말 힘들다."

서연이가 눈썹을 찡그리며 푸념했다. 유수가 서연이의 어깨를 토닥이며 휴대폰을 같이 보자고 내밀었다. 인터넷 세상을 돌아다니다 보면 다섯 시간쯤은 문제없이 기다릴 수 있었다.

"야, 써버, 왔대."

유수가 SNS를 들여다보다 흥분해서 서연이를 툭툭 두드렸다. 서연이가 슬쩍 몸을 피하며 눈을 갸름하게 떴다. 유수가 미안하다며 싱긋 웃었다. 서연이는 금세 표정을 풀었다.

유수와 보미의 SNS에는 그룹 써버에 대한 정보가 늘 차고 넘쳤다. 친구 맺기를 한 사람들 대부분이 써버의 팬이라 그랬다.

"30분 전에 왔나 봐. 아, 밥 먹으러 괜히 갔다."

자리를 지키고 있었으면 공연장에 도착하는 써버를 볼 수 있었을지도 몰랐다. 공연이 시작되면 보겠지만 한순간도 놓치고 싶지 않았다.

"제이 오빠 오늘 입은 옷 완전 귀엽다!"

유수가 서연이에게 사진을 보여 줬다. 서연이도 유수처럼 리더 제이를 가장 좋아했다. 춤 담당인 멤버 리를 좋아하는 사람은 보미뿐이었다.

"역시, 역시, 리 오빠 눈빛은 살아 있어!"

보미는 휴대폰을 꼭 끌어안고 어깨를 들썩였다. 그러고는 동영상 사이트로 들어가, 리가 춤추는 영상을 찾았다. 유수랑 서연이는 예능 프로그램에 출연했던 써버의 영상을 돌려 보았다. 그러는 사이 공연장이 사람들로 붐볐다. 공연 시간이 가까워 오는 거였다.

굳게 닫힌 공연장 안쪽에서 써버의 음악이 크게 울렸다. 리허설이 시작된 모양이었다. 셋은 자리를 박차고 일어나 공연장 쪽으로 몸을 기울였다. 줄을 선 사람들도 똑같이 움직였다. 한쪽에서는 공연장에서 흘러나오는 음악에 맞춰 한 무리의 소녀들이 써버의 춤을 완벽하게 재연하고 있었다. 그중에서 한쪽 귀에만 길게 늘어진 빨간 귀걸이를 한 소녀가 눈에 뜨였다. 쿵짝이는 리듬을 타고 소녀는 훨훨 날아다니는 것 같았다. 유수는 눈을 뗄 수가 없었다. 보미랑 서연이도 마찬가지였다.

음악과 함께 소녀의 춤이 끝났다. 주위에 있는 사람들 모두 소녀에게 박수를 보내며 환호했다. 소녀는 생긋 웃으며 가볍게 목례를 했다. 오른쪽 뺨에 깊게 보조개가 패었다.

"나는 백댄서 꿈 접어야겠다."

보미가 절레절레 머리를 저었다. 그만큼 소녀의 춤은 인상적이었다.

리허설이 끝난 듯 공연장은 다시 조용해졌다. 그새 로비는 열기로 후끈 달아올랐다.

로비에는 공연을 보러 온 사람들로 가득했다. 그래도 공간이 넓어 바글바글한 느낌은 아니었다. 다만 더울 뿐이었다.

화장실에 갔다가 햄버거를 사 올 생각으로 유수는 자리에서 일어섰다. 등줄기로 땀이 주르륵 흘렀다. 기다림은 역시 힘겨운 거였다. 서연이가 지친 듯 어깨를 축 늘어뜨리며 얼음 동동 띄운 콜라를 주문했다.

유수는 자리를 빠져나와 화장실로 향했다. 지하철이 지나가는지 우르릉 소리와 함께 천장에 길게 늘어진 샹들리에가 흔들렸다. 눈살이 절로 찌푸려졌다. 유수는 혀를 끌끌 차며 화장실로 들어갔다. 인테리어에 꽤나 공들인 티가 났다. 까만 대리석 바닥에 고급스러운 느낌이 도는 하얀 벽면, 메이크업 공간의 대형 거울도 티끌 하나 없이 깨끗했다. 관리가 잘되고 있는 거였다. 그래도 유수는 기분이 산뜻해지지 않았다. 끈적이며 달라붙는 더운 공기 탓이었다.

차례를 기다리는데 세면대 수도꼭지에서 줄줄 물이 샜다. 유수는 얼른 수도꼭지를 잠갔다. 제이가 봤다면 박수를 쳐 줄지 몰랐다. 제이는 자기 자신보다는 가족과 친구 그리고 이웃을 항상 먼저 생각하라고 했다. 공중화장실의 수도꼭지를 잠근 건 분명 이웃을 먼저 생각한 행동이었다. 입꼬리가 싱긋 올라갔다. 그런데 꼭 잠근 수도꼭지가 스르르 풀리더니 다시 졸졸 물이 새기 시작했다. 바로 옆 수도꼭지도 마찬가지였다.

"뭐야, 수도꼭지도 고장 난 거야?"

써버 공연장만 아니면 당장에 박차고 나가 버리고 싶었다. 유수는 이를 악물며 수도꼭지를 있는 힘껏 잡아 돌렸다. 이 정도면 충분하다 싶을 때까지. 하지만 유수가 화장실에 들어갔다 나오는 사이 수도꼭지는 다시 열려 버렸다. 유수의 힘으로는 어림없는 거였다. 그냥 둔 채 화장실을 나왔다.

유수는 패스트푸드점으로 향했다. 다들 저녁을 패스트푸드로 때우려는 건지 줄이 길었다. 사람이 많아서인지 자동문은 반쯤 열린 채였다.

"이왕 열리면 활짝 열지!"

앞서 들어가던 아이가 자동문을 탕탕 두드렸다. 활짝 열리려던 자동문이 그 자리에 다시 걸려 털털거렸다. 사람들 때문에 열어 둔 게 아니라 고장이 난 거였다. 유수는 자동문 위쪽을 힐끔 쳐다보고 안으로 들어갔다. 가게 안은 복잡했다. 유수는 길게 늘어선 줄의 끄트머리에 섰다. 길고도 지루한 날이었다. 하지만 써버의 공연을 즐기려면 감수해야 했다.

한참을 기다린 끝에 햄버거 세트 세 개를 주문하고, 콜라에 얼음을 많이 넣어 달라고 부탁했다. 건물이 더워서인지 차가운 음료들이 불티나게 팔렸다. 직원들은 밀려드는 손님에 정신을 차리지 못했다. 겨우겨우 포장을 마치고, 유수는 패스트푸드점을 빠져나왔다. 반쯤 열린 자동문에서 덜컥 소리가 났다. 바닥에서 진동이 느껴졌다.

셋은 대리석 바닥에 주저앉아 햄버거를 먹었다. 그러는 동안 SNS에는 그룹 써버의 대기실로 도시락이 배달되어 들어갔다는 소식이 올라왔다.

"내 오빠들이 맛난 걸 먹었다니 내 배가 부르네!"

보미가 배를 탕탕 두드리며 호기롭게 웃었다. 서연이랑 유수도 고개를 끄덕였다. 애들은 다시 휴대폰에 빠져들었다. 곳곳에서 써버 팬미팅 콘서트와 관련된 글이 올라왔다. 그중에는 공연장이 있는 서진타운에 대한 악평도 섞여 있었다. 더위와 간간이 들리는 소음 그리고 진동 때문이었다.

"내 오빠 보는 데 이 정도 고통쯤은 참아야지!"

보미가 이를 악물었다. 유수랑 서연이도 같은 생각이었다.

서진타운에 문제가 있다며, 이곳을 빠져나가라는 글도 보였다.

이 글을 보고 사람들이 좀 빠져나가 준다면, 더운 기운이 가라앉지 않을까 하는 기대가 생겼다. 하지만 대기하는 사람들은 돌하르방마냥 꿈쩍도 않았다.

공연장 근처에서 스태프와 서진타운 직원들이 우르르 몰려나와 어디론가 갔다. 에어컨 때문에 무슨 조치를 취하려는 모양이었다. 공연장 안은 이렇게 덥지 않을지 모른다. 유수는 가방에서 팩트를 꺼내 땀에 젖은 얼굴을 뽀얗게 살려 냈다. 그런데 사르르 배가 아파 왔다. 긴장을 할 때마다 늘 이 모양이었다.

공연 시작 40분 전. 드디어 입장 안내 방송이 나왔다. 대기하는 사람들이 함성을 터뜨렸다. 금방이라도 공연이 시작될 것 같았다.

드디어 공연장 문이 열리고, 양쪽에 스태프들이 나와 섰다. 대기선이 풀리고 맨 앞에 있던 사람부터 차례차례 공연장으로 들어가기 시작했다. 이번에는 손바닥에 땀이 났다. 유수는 바지에 손을 쓱쓱 문질렀다.

"긴장돼?"

서연이가 걱정스러운 듯 유수를 바라보았다.

"내가 공연하는 것도 아닌데 왜 항상 이러나 몰라."

써버의 공연을 보는 게 처음도 아니었다. 그런데도 항상 공연이 시작될 즈음이면, 식은땀이 날 만큼 긴장되었다. 배 속은 여전히 불편했다. 서연이와 보미는 공연장에 들어가자마자 100미터

달리기 선수처럼 뛰어야 한다며 호들갑을 떨었다. 그랬다, 지금은 긴장할 때가 아니었다. 펜스를 잡을 수 있는 좋은 자리가 우선이었다.

스태프가 표를 확인한 순간 셋은 미친 듯이 무대를 향해 달렸다. 바로 앞에 들어간 사람도 그랬고, 뒤에 오는 아이들도 그랬다. 이 순간만큼은 국가 대표 육상 선수처럼 뛸 수 있기를 간절히 바라며, 셋은 짧은 거리를 숨이 막히도록 뛰었다. 그리고 드디어 소원하던 펜스를 잡았다!

"아싸! 이게 웬일이냐!"

비록 왼쪽 끄트머리, 커다란 스피커 앞이지만 그래도 좋았다. 맨 앞, 펜스를 잡다니! 그룹 써버의 팬에게 이보다 부러운 일은 없을 거였다. 셋의 뒤로 사람들이 겹겹이 밀려왔다. 말뚝박기라도 하는 것 같았다. 몰려든 사람들 때문에 숨도 쉬기 힘들었다.

"아, 진짜 내 오빠 공연만 아니면……!"

군말 없던 보미가 짜증을 냈다. 그래도 참아야 했다. 공연만 시작되면 모든 고통이 싹 잊힐 거였다. 그런데 문제는 따로 있었다.

"배 아파……."

"어떻게 해?"

서연이가 난처한 얼굴로 유수를 보았다.

"참을 수 있겠어?"

보미도 걱정스럽게 물었다. 유수는 두 눈을 꼭 감은 채 고개를 휘휘 저었다. 아무리 써버의 공연이 중요해도 생리적인 현상은 어쩔 수 없었다. 결단이 필요했다.

"나 화장실 다녀올게."

"여기로 못 올 텐데."

되돌아오기는커녕 엄청난 인파를 뚫고 화장실까지 가는 것도 문제였다.

"안 되면 뒤에서 볼게. 너희들이라도 자리 지켜."

아무래도 뒤쪽으로 나가기는 힘들 것 같았다. 유수는 가방을 서연이에게 맡기고, 펜스 앞에 있는 스태프에게 사정을 했다. 허옇게 질려 쩔쩔매는 유수를 보고, 스태프는 펜스 한쪽을 열어 유수를 빼냈다. 그리고 굳게 닫힌 왼쪽 출입문을 열어 줬다. 나가서 왼쪽으로 쭉 가다 보면, 정문 못 미쳐서 화장실이 있다고 친절하게 설명도 해 줬다. 유수는 출입문을 나가기 전에 힐끗 뒤를 돌아보았다. 서연이와 보미가 유수를 향해 손을 흔들고 있었다. 한 손은 펜스를 꼭 잡은 채였다.

"어떻게 잡은 자린데……."

아쉽고 억울해서 눈물이 날 것 같았다. 쓸데없이 예민한 배 속이 오늘처럼 원망스러울 수 없었다.

유수는 왼쪽 복도를 따라 쭉 걸었다. 정문 가까이에 화장실이 있었다. 배를 움켜쥐고 부리나케 발짝을 옮겼다. 빨리 볼일을 끝내고 공연장으로 돌아가고 싶었다. 그런데 그 순간, 천장에서 시멘트 가루가 떨어졌고, 이내 귀가 찢어질 듯한 소음이 터졌다. 그리고 어디에선가 사람들이 튀어나와 정문을 향해 와그르르 몰려들었다. 화장실로 가야 하는데 유수는 그럴 수 없었다. 사람들에 떠밀려 화장실을 그냥 지나쳤다. 강한 바람이 불어닥쳐 건물 바깥으로 밀려났다.

5

바람이 불었어. 평생, 물론 내가 평생이라고 해 봤자 17년도 채 되지 않지만 어쨌든 평생 느껴 본 적 없는 엄청난 세기의 바람이었어. 텔레비전에서 보던 토네이도나 허리케인 같은 것이라고 하면 상상이 될까.

바람 소리였는지, 그것까지는 잘 모르겠어. 바람과 함께 돌고래의 고주파 같은 고음이 귀를 찢어 낼 것처럼 파고들었어. 그리고 어디에선가 들짐승에게 쫓기기라도 하는 것처럼 사람들이 겁에 질린 표정으로 허둥지둥 한곳을 향해 밀려들었어. 빙글빙글 돌아가는 회전문. 가운데 있는 커다란 자동문과 양쪽 옆의 작은 문까지. 건물 밖으로 나갈 구멍을 찾아 사람들은 눈을 허옇게 뒤집은 채 냅다 뛰었지. 두두두두. 바람 소리에 묻혔지만 발소리가 묵직했어.

나는 화장실에 가고 싶었고, 친구들과 함께 써버의 공연을 보고 싶었어. 그런데 그럴 수 없었어. 사람들 사이에 끼어서 나는 꿈쩍도 할 수 없었거든. 끽소리 한번 제대로 내지 못한 채 나는 사람들과 바람에 밀려 건물 밖으로 튕겨 나갔어. 몸이 붕 떠올랐어. 깃털이라도 된 것처럼.

동시에 굉장한 소리가 들렸어. 조금 전과는 다른, 우르릉, 콰앙, 쾅!

전쟁이라도 터진 것처럼. 그래서 내가 있던 건물이 폭격이라도 맞은 것처럼. 쾅쾅 소리가 울렸고, 앞이 보이지 않을 만큼 두터운 먼지가 뿌연 가루와 함께 눈을 덮쳤어. 그리고 어딘가로 풀썩 떨어졌어. 마치 뜀틀 구르기를 하다가 잘못된 곳에 착지한 것처럼 풀썩.

양옆으로 물컹한 몸이 느껴졌어. 내 머리 위쪽으로도 누군가가 쿵 떨어지더니 뒤쪽으로 미끄러졌지. 그리고 순식간에 사로잡힌 정적. 똑딱 똑딱 똑딱, 그렇게 몇 초간 숨 막힐 듯한 정적 속에 여자의 목소리가 울렸어.

"살…… 려 주세…… 요……."

여자의 목소리가 신호탄이라도 되는 듯 여기저기서 비슷한 소리가 터졌어. 그리고 울음과 신음이 한꺼번에 밀려닥쳤지. 파도처럼 멀리에서 또 가까이에서.

슬그머니 나는 눈을 떴어. 그런데 눈앞은 뿌옇기만 할 뿐 아무것도 보이지 않았어. 희뿌연 안개에 갇혀서 나는 숨을 쉬기가 힘들었어. 허억허억……. 숨을 몰아쉬다가 그대로 숨이 끊어질 것만 같은 느낌. 그대로 있으면 안 될 것 같았어.

"누구…… 없어요?"

힘겹게 첫마디를 뱉어 내는 순간 서연이와 보미가 떠올랐어.

서연이랑 보미는 어떻게 되었을까? 서연이랑 보미는 어디에 있을까?

거대한 바람은 건물 안에서 몰아쳤어. 그러니까 서연이랑 보미도 바람에 떠밀려 나처럼 바깥으로 나왔겠지.

일단 엉켜 있는 사람들 사이에서 빠져나가야 했어. 내 팔을 짓누르고 있던 남자도 나가야겠다고 느낀 듯 몸을 일으켰어. 회색 먼지가 자욱하게 일어나서, 나는 눈을 감은 채 팔을 뻗었어. 시멘트 덩어리, 누군가의 몸이 손에 닿았지. 아래쪽에 있는 사람이 꿈틀거리며 나를 위쪽으로 떠밀었고, 나는 시멘트 덩어리를 걷어내고 몸을 일으켰어. 그리고 서연이처럼 갸름하게 눈을 떴지.

회색 먼지 속에 허연 사람들이 보였어. 여기저기에서 자리를 털고 일어나느라 기를 쓰고 있는 사람들. 하나둘이 아니었어. 셀 수도 없이 많았지. 나랑 비슷한 사람들이 많이 보여서 아주 잠깐 마음이 놓였어.

"저기요, 여기……."

뭐라도 얘기를 해 보려는데, 구급차 소리가 들렸어. 한 대, 두 대……. 그 이상의 소리였어. 사람들은 구급차 소리를 쫓아 좀비처럼 휘청거리며 걸음을 옮겼어. 나도 그들을 쫓아가야 할 것 같았어. 그리로 가면 서연이도 보미도 있을 것 같았어.

"학생! 괜찮아요?"

뿌연 먼지 사이로 색깔을 알 수 없는 점퍼 차림의 아저씨가 다가왔어. 구급대 아저씨는 아닌 것 같았어. 아빠가 모르는 사람은 쫓아가지 말라고 했지만 하는 수 없었어.

"저 좀 도와주세요!"

눈도 제대로 뜨지 못한 채 나는 아저씨에게 손을 내밀었어. 아저씨는 나를 부축한 채 성큼성큼 걸음을 옮겼어.

"어떻게 된 거예요?"

"글쎄다!"

아저씨도 모르는 모양이었어. 나는 고개를 돌려 뒤쪽을 보고 싶었어. 그런데 몸이 말을 듣지 않았어. 구급차 한 대가 다가오더니 주황색 옷을 입은 아저씨가 달려왔어.

"학생, 앉아서 갈 수 있지?"

구급대 아저씨는 대답도 듣지 않은 채 구급차 문을 열었어. 구급차는 이미 사람들로 가득 차 있었어.

"저기 제 친구들은……."

구급차 안에 자리를 잡으며, 나는 아저씨에게 물으려 했어. 하지만 아저씨는 내 말을 듣지 않았어. 누군가의 말에 귀를 기울일 만큼 한가하지 않은 거였지.

구급차는 사이렌을 울리며 현장을 빠져나왔어.

6

병원 응급실 앞, 복도 바닥에는 하얀 매트리스가 깔려 있었다. 그리고 구급차로 실려 온 사람들이 차례차례 매트리스에 앉았다. 크게 다친 듯 보이는 사람들은 다른 곳으로 옮겨졌는지 보이지 않았다.

복도 매트리스에 앉아, 유수는 오가는 사람들의 다리를 보았다. 사람들은 무척 바쁜 듯했다. 누구 하나 느릿느릿 여유를 부리지 않았다. 잘못하다가는 사람들 발에 차일 것 같았다. 유수는 뒤쪽에 공간이 있는지 확인하고 싶었다. 하지만 목이 제대로 돌아가지 않았다. 목 쪽에 이상이 있는 듯했다.

유수는 손을 더듬어 뒤쪽 공간을 헤아렸다. 그리고 엉거주춤 벽 쪽으로 붙었다. 앞쪽 매트리스가 남으면서, 다리를 뻗을 수 있게 되었다. 하지만 왠지 그러면 안 될 것 같았다. 유수의 양옆에 있는 사람들도 몸을 옹크린 채 최소한의 공간만을 차지하고 있었다.

도대체 무슨 일이 벌어진 건지 유수는 알고 싶었다. 하지만 텔레비전은 보이지 않았고, 휴대폰도 없었다. 분명히 손에 쥐고 화장실로 가고 있었는데, 바람에 떠밀려 가면서 빠뜨린 듯했다.

'서연이랑 보미는 어떻게 됐을까? 써버는?'

궁금증이 거품처럼 부풀어 올랐지만 물어볼 사람이 없었다.

오른쪽 옆에 있는 여자는 구급차에서부터 내내 울기만 했다. 혼자서 조용히 흐느끼는 것도 아니고, 그야말로 대성통곡이었다. 여자의 울음소리 때문에 머리가 더 아픈 것 같았다.

왼쪽 옆에는 서진타운 직원으로 보이는 젊은 남자가 있었다. 3층 식당가에 갔을 때, 무전기를 쥔 채 왔다 갔다 하던 사람들. 그 사람들이 목에 둘렀던 것과 비슷한 출입증을 남자가 걸고 있었다. 이 사람에게 물으면 무슨 일이 생긴 건지 알 수 있을 것 같은데, 남자는 고개를 뒤로 젖힌 채 눈을 꼭 감고 있었다. 두 눈처럼 입도 굳게 다문 채였다. 도저히 말을 붙일 수 없었다. 회색 가루가 따끔따끔 눈을 찔렀다. 옆의 아저씨처럼 눈을 감고 있는 게 나을 듯했다. 유수는 눈을 감았다.

구급차의 요란한 소리는 계속 이어졌다. 다급한 발소리가 여기저기서 울렸다. 사람들의 울음과 고함 그리고 신음이 뒤엉켜 머릿속을 어지럽혔다. 아무것도 생각해 낼 수 없었다. 순간 누군가가 발을 건드렸다. 그리고 목소리가 들렸다.

"학생, 이름이 뭐예요?"

눈을 떠 보니 내내 통곡을 하던 오른쪽 여자는 사라지고 없었다. 다른 곳으로 옮겨진 모양이었다.

"강유수요."

유수는 눈을 뜨고 서둘러 대답했다. 눈앞에 '오수미'라는 이름표를 단 간호사가 있었다.

"언니! 지금 몇 시예요?"

유수는 간호사의 팔을 덥석 잡았다. 다른 데로 훌쩍 가 버릴까 봐 겁이 났다.

"지금 7시 40분 조금 안 됐어. 강유수, 몇 살?"

"열일곱요."

유수는 말하고 싶었다. 바람에 떠밀리던 그 순간부터 지금까지 줄곧 말이 하고 싶었다. 하지만 간호사는 유수의 말을 들어줄 만큼 한가해 보이지 않았다.

"어디가 불편한가 볼게."

간호사는 무릎을 꿇은 채 유수의 몸을 살폈다. 유수는 고개를 돌릴 수 없다고, 힘겹게 말했다. 간호사는 목 부위를 다시 한 번 체크했다.

"사진을 찍어 봐야겠는데……."

간호사는 말을 흐렸다. 지금 당장 사진을 찍기는 어려운 모양이었다. 간호사가 물에 젖은 수건 한 장을 내밀었다.

"얼굴이랑 몸 좀 닦아 낼 수 있겠지?"

유수는 두 눈을 슴벅이며 작은 수건을 받아 들었다. 그리고 간호사를 올려다보았다.

"집에…… 연락 좀……."

"연락해 볼게. 그런데 지금 이쪽 통신망이 엉망이라 바로 연결이 될지는 모르겠다."

간호사는 유수 엄마의 전화번호를 받아 적고는 잠깐만 기다리라며, 옆으로 자리를 옮겼다. 두 눈을 감고 있던 남자가 몸을 일으켜 세웠다.

"다친 곳은 없는 것 같습니다."

남자가 굵은 목소리를 뱉었다.

"그래도 살펴봐야 하니까요. 성함이?"

"김준호입니다. 서른두 살이고, 서진타운……."

인적 사항을 술술 풀어 내다가, 남자는 서진타운이라는 단어에서 말을 삼켰다.

유수는 간호사에게서 건네받은 수건으로 얼굴을 닦았다. 하얀 수건에 흙먼지가 까맣게 묻어 나왔다. 머리부터 발끝까지 엉망인 것 같았다.

간호사는 서진타운 아저씨에게도 작은 수건을 건네고, 옆의 매트리스로 자리를 옮겼다. 언제쯤 엄마에게 연락을 해 줄 수 있을지 걱정됐다. 하지만 지금은 기다리는 것 외에는 방법이 없었다.

"콘서트 보러 왔니?"

서진타운 아저씨가 나지막이 물었다. 유수의 눈에 금세 눈물이 돌았다.

지난 한 달 동안 손꼽아 기다린 오늘이었다. 오늘 때문에 유수는 엄마의 잔소리도 선생님의 꾸지람도 기쁘고 행복하게 받아넘

길 수 있었다. 그런데 완전히 망가져 버렸다. 망가져도 보통 망가
진 게 아니었다.

"어떻게 된 거예요?"

유수가 물었다. 그런데 대꾸가 없었다. 유수는 아저씨를 향해
슬며시 몸을 틀었다. 아저씨는 간호사가 오기 전처럼 벽에 머리
를 기댄 채 눈을 감고 있었다. 간호사가 준 수건도 그대로 쥔 채
였다. 아저씨는 아무 말도 하기 싫은 눈치였다.

응급실로는 계속해서 사람이, 정확하게는 환자가 쏟아져 들어
왔다. 뿌연 먼지에 뒤덮여 여자인지 남자인지, 어른인지 아이인
지 분간이 되지도 않는 환자들이 팔다리에 피를 잔뜩 묻히고 들
어왔다. 갈수록 응급실에는 고통스러운 비명과 신음이 증폭되었
다. 의사와 간호사는 흰옷에 시뻘건 피를 묻히고 넋 나간 표정으
로 뛰어다녔다. 그들도 고통스러워 보였다.

아무도 유수에게 신경을 쓰지 않았다. 온몸이 무겁게 내려앉
았지만 다른 환자에 비하면 유수는 멀쩡했다. 몸에 피가 묻어 있
었지만, 그야말로 묻어온 것이었다. 몸 어딘가가 찢어지거나 부
러지지 않았으니 다급한 환자를 위해 가만히 기다리는 게 맞았
다. 그래도 서럽고 두려운 마음은 누르기 힘들었다. 엄마에게 연
락이 되었는지 아닌지도 알 수 없었다.

얼마나 지났을까, 지금까지와는 다른 목소리가 들려왔다. 유수
는 슬그머니 응급실 출입문 쪽을 보았다. 환자도 의료진도 구급

대도 아닌 사람들이 눈에 띄었다. 어디에선가 허겁지겁 한달음에 쫓아온 듯한 사람들은 응급실에 들어서기가 무섭게 눈을 희번덕거리며 사방을 훑었다. 그리고 누군가의 이름을 목청껏 외쳤다. 가족을 찾는 모양이었다.

유수는 눈을 크게 뜨고, 복도 끄트머리에 있는 출입문을 지켜보았다. 영혼이 빠져나간 듯한 무리 중에 엄마가 있었으면 싶었다. 오수미 간호사가 연락을 해 줬다면 엄마가 올 텐데……! 하지만 유수는 금세 자세를 고쳐야 했다. 한쪽을 뚫어져라 쳐다보는 것이 힘들었다. 정면을 향한 채 귀를 쫑긋 세우고, 허둥거리는 사람들의 목소리를 들었다. 제발 유수라는 이름을 불러 줬으면. 하지만 사방팔방에서 여러 이름이 섞여 들리니 집중할 수 없었다. 연신 울려 대는 구급차 사이렌, 의사의 다급한 목소리, 환자와 가족 들의 성난 목소리가 유수의 머릿속을 마구 헤집고 다녔다.

'여기 있어 봐야 아무 소용 없어!'

나가야 했다. 가서 보미도 찾고, 서연이도 찾고. 그룹 써버의 콘서트는 어떻게 되었는지 알아봐야 했다. 그리고 엄마와 아빠에게도 연락을 해야 했다. 유수의 손으로 직접.

유수는 눈을 번쩍 뜨고 웅크렸던 다리를 폈다. 바닥을 짚고 자리에서 일어서려는데, 왼편에 있는 아저씨가 팔을 붙잡았다.

"그냥 있어."

"왜요?"

"나가 봐야 할 수 있는 게 없을 거다."

바깥일을 훤히 알고 있는 것처럼 아저씨의 말투는 차분했다.

"아저씨가 어떻게 알아요?"

유수가 묻자 아저씨는 또 눈을 감았다.

"아저씨도 나처럼 실려 왔잖아요. 그러면서 왜 아는 척해요?"

"건물이…… 무너졌어."

유수는 아저씨의 말을 알아들을 수 없었다. 멍하니 아저씨를 바라보는데, 아저씨가 눈을 뜨고 유수를 보았다.

"서진타운이 붕괴됐다. 설마설마했는데!"

"댁네는 이런 일이 일어날 수 있다고 생각한 거요?"

유수의 오른쪽에 점잖게 앉아 있던 아주머니가 먹잇감이라도 만난 듯 으르렁거렸다. 아저씨는 놀란 듯 고개를 돌리고 벽에 머리를 기댔다. 그때였다. 아주머니가 유수를 훌쩍 넘어 아저씨의 멱살을 잡았다.

"건물이 무너질 걸 알고 있었느냐고!"

아주머니가 고함을 지르며 아저씨를 흔들어 댔다. 아저씨는 감은 눈을 뜨지도 않고 멱살을 뿌리치지도 않은 채 꿈쩍을 않았다. 하릴없이 의료진의 손길만 기다리던 사람들이 번득이는 눈으로 아주머니와 아저씨를 보았다. 붕괴라는 말이 시작 버튼이라도 된 듯 다들 눈빛이 날카롭게 돌변했다. 곧 사냥이 시작될 것 같았다. 서진타운 아저씨를 향한 피 흘리는 짐승들의 사냥. 아주머니가 한 손을 번쩍 들어 올렸다. 그 바람에 아주머니의 팔꿈치가 유수의 머리를 세게 때렸다.

"그만! 아파! 아프다고요!"

유수의 고함에 손톱을 세우던 짐승들이 움찔 물러나는 게 느껴졌다. 그리고 파란 옷을 입은 아저씨와 간호사가 득달같이 달려왔다. 파란 옷 아저씨는 아주머니를 떼어 내고, 간호사는 서진타운 아저씨와 유수를 살폈다. 오수미 간호사는 아니었다.

"아픈데 왜 가만둬요? 왜요?"

꾹꾹 참았던 감정이 폭발해 버렸다.

"미안하다!"

서진타운 아저씨가 사과를 했다. 아저씨가 왜 사과를 하는지 이유를 알 수 없었다. 다만 지금 상황이 견디기 어려웠다.

간호사는 아저씨의 목에서 서진타운 출입증을 벗겼다. 그리고 바쁘게 지나가는 구급대 아저씨를 불러 세워 유수를 응급실 안쪽으로 옮겨 달라고 했다. 유수는 주변 사람들이 아저씨를 향해 여전히 날카로운 시선을 보내고 있음을 확인했다.

"아저씨 먼저……."

어쨌든 지금은 아저씨를 다른 데로 옮기는 게 나을 듯싶었다.

아저씨가 떠나고, 이어 아주머니가 자리를 뜨자 다시 새로운 사람들이 유수의 양옆을 채웠다. 어떤 사람들인지 더 이상 궁금하지 않았다. 유수는 눈을 감고 벽에 몸을 기댔다.

머릿속을 뒤죽박죽으로 흔드는 소음에 붕괴라는 단어가 스며들었다. 붕괴. 무엇이 어떻게 붕괴되었다는 건지 더 물었어야 했는데.

'썬버의 공연을 보고 있어야 하는데…….'

썬버는 어떻게 됐을까. 보미랑 서연이는 어디 있을까. 생각이 서진홀을 향해 달려가는데 낯익은, 아니 기다리던 목소리가 귀에 닿았다.

"유수야, 강유수!"

"일조여고 1학년, 강유수!"

유수는 눈을 크게 뜨고 소리가 나는 쪽으로 몸을 돌렸다. 허둥거리는 사람들 틈에 섞여 정신없이 주위를 훑고 있는 사람. 분명히 엄마와 아빠였다.

7

유수는 천천히 눈을 떴다. 사방은 어두웠고, 머리를 깨뜨릴 것처럼 쪼아 대던 소음이 한결 사그라져 있었다. 무엇보다 몸이 편안했다. 유수는 응급실 복도가 아닌 병실 침대에 누워 있었다.

"깼니?"

엄마의 목소리가 들렸다. 소리가 나는 쪽으로 고개를 반짝 돌리려는 데 잘되지 않았다. 목에 두른 깁스 때문이었다.

엄마가 유수의 손을 꼭 잡아 몸을 일으켜 주었다. 어둠 속에서도 엄마의 눈가가 짓물러 있음이 느껴졌다. 엄마의 어깨를 감싸 안으며 아빠도 얼굴을 드러냈다. 왈칵 눈물이 쏟아졌다.

"울지 마, 울 것 없어."

엄마가 유수를 달랬다. 하지만 엄마 목소리에도 울음이 가득했다.

옆 침대에서도 흐느끼는 소리가 들렸다. 앞쪽인가 어딘가에서는 끙끙 앓는 소리가 났다. 적지 않은 환자가 있는 듯했다.

"엄마, 뭐가 어떻게 된 거야?"

울음을 삼키고 유수가 물었다. 하지만 엄마는 답을 피했다.

"나중에 알려 줄게. 몸이 좀 나으면 천천히."

"뭔데? 뭐가 어떻게 된 건데?"

감추려고 하는 게 더 불안했다. 충격을 받더라도 유수는 알고 싶었다. 하지만 엄마는 아무것도 말해 줄 것 같지 않았다. 아빠도 마찬가지였다.

"보미랑 서연이는? 걔들은 봤어?"

유수가 바람에 떠밀려 건물 밖으로 튕겨져 나간 순간부터 내내 맴돌던 얼굴이었다.

침대 옆에 우뚝 서 있던 아빠가 고개를 숙여 엄마 눈치를 보았다. 어째야 좋을까 고민하는 듯했다.

"걔들, 못 봤어?"

머뭇거리는 엄마와 아빠를 보니 두려움이 훅 밀려왔다. 그래도 유수는 알아야 했다.

아빠가 유수와 눈을 맞췄다.

"아직은 못 봤어. 그런데 곧 만나게 될 거야."

엄마가 유수의 얼굴을 쓰다듬으며 입을 열었다.

"우리가 너 찾느라고, 신경을 못 썼어. 근방에 있는 병원이란 병원은 다 뒤지고 있었거든."

엄마와 아빠는 텔레비전을 통해 사고 소식을 들었다고 했다. 사고 현장에 갔더니 구급차가 줄지어 있었고, 관계자로 보이는 사람들이 주위에 있는 병원 몇 군데를 알려 줬다고 했다. 누가 어디로 실려 갔는지는 확인이 어려웠고, 엄마랑 아빠는 직접 뒤져 볼 작정으로 병원을 헤매다가 유수를 찾았다고 했다.

"아빠가 얼른 찾아볼게. 금방 찾을 수 있을 거야."

아빠가 유수를 보며 벙긋 웃었다.

"전화…… 보미랑 서연이 엄마한테……."

"사고 때문에 케이블망이 터져서, 지금 이 동네 전화가 잘 안
돼."

응급실 복도에서 간호사도 같은 말을 했었다. 지금 당장은 어
쩔 수 없는 상황이라고, 유수는 이해하기로 마음먹었다. 하지만
펜스를 잡고 있던 친구들의 모습이 자꾸만 어른거렸다. 유수를
향해 손을 흔들면서도 펜스를 꼭 붙잡고 있던 모습.

"엄마, 건물이 어떻게 된 거야?"

옆자리 아저씨는 건물이 무너졌다고 했다. 하지만 유수는 믿
고 싶지 않았다.

"나중에. 유수야, 엄마도 아직 잘 몰라. 아직 제대로 아는 사람
없어."

엄마의 말은 대충 얼버무리는 게 아니라 진심 같았다.

"지금 몇 시야?"

"10시 조금 지났어."

이번에는 아빠가 대꾸했다.

"여기 다른 환자들도 있으니까……."

조용히 하자는 듯 아빠는 둘째 손가락을 입술에 갖다 댔다. 그
러고는 유수를 내려다보며 벙글거렸다. 헛헛한 웃음이긴 하지만
어쨌든 아빠의 웃음을 보니 마음이 차분해졌다.

"엄마, 안 갈 거지?"

천장을 올려다보며 유수가 물었다. 엄마는 가느다랗게 떨리는 유수의 손을 힘껏 잡았다.

"내 딸 떼어 놓고 엄마가 어딜 가. 아무 데도 안 가."

아빠도 유수 옆에 있을 거라고 작은 소리로 말했다.

엄마는 유수의 머리카락을 가만가만 넘겼다. 지금 이 순간이 아주 오래전에 꾼 꿈처럼 느껴졌다. 유수는 가만히 눈을 감았다. 엄마의 손길이 참 좋았다.

초등학교에 다닐 때만 해도, 유수는 엄마 아빠와 자주 시간을 보냈다. 그때는 엄마 아빠가 세상의 전부였다. 그러다가 일상에 친구들이 끼어들면서, 엄마 아빠와 함께하는 시간이 뭉텅이로 사라져 버렸다. 유수는 항상 친구가 먼저였다.

엄마 아빠하고는 언제든 함께 밥을 먹고, 이야기를 나눌 수 있었지만 친구는 그렇지 않다고 생각했다. 하루 일과를 마치고 집으로 뿔뿔이 흩어지면, 친구는 날이 새도록 만나지 못했다. 엄마 아빠는 유수 곁에 항상 머물고 있지만, 친구는 반려동물 돌보듯 보듬고 다독여야 함께할 수 있는 존재였다. 엄마 아빠는 유수와 동떨어진 시대를 살아왔지만, 친구는 유수와 같은 음악을 듣고, 같은 음식을 맛있게 먹을 줄 아는, 같은 시대의 사람이었다.

'그래서 우리, 같은 고통을 겪고 있는 거니?'

친구들 얼굴이 떠오르며 울컥 울음이 치밀었다. 물론 아직은 서연이와 보미의 상태가 어떤지 알지 못했다. 그래도 자신만큼이나 친구들도 힘들 거라고 짐작됐다.

"유수야, 아무 생각도 하지 말자. 일단은 머릿속을 비우고 쉬자. 응?"

유수의 얼굴을 살피고 있었는지, 엄마가 유수를 끌어안고 귀엣말을 했다. 엄마도 편치 않을 것 같았다. 유수는 치미는 울음을 삼키고, 구겨진 이맛살을 스르르 풀었다. 엄마 말을 듣는 게 좋을 것 같아서 어렵더라도 노력하기로 결심했다.

"양 한 마리, 양 두 마리, 양 세 마리……."

엄마가 양을 세기 시작했다. 어렸을 때 자주 들었던 엄마 목소리였다. 유수는 눈을 감은 채 귀를 기울였다. 순간 병실 문이 발칵 열리더니, 화드득 전등에 불이 들어왔다. 병실에 있는 사람들의 신경도 한꺼번에 화드득 깨어났다. 유수도 반짝 눈을 떴다.

"해인아!"

이름을 부르며 들어선 남자에게서 진한 먼지 냄새가 났다. 사고 현장을 뒤지다가 뒤늦게 병원을 찾은 듯했다.

"아이고, 영감……."

유수의 침대 맞은편에 있는 여자가 커튼을 열고 병실 문 쪽으로 급하게 달려갔다.

"우리 손녀딸, 불쌍해서 어째유."

흰머리가 성성한 여자는 남자 앞에 주저앉아 바닥을 내리쳤다. 남자는 휘청거리며, 여자를 지나쳐 유수의 맞은편 침대로 다가갔다.

"해인아, 어쩌다가 이런 겨, 잉?"

남자의 목에서 가래가 끓었다.

"써번가 뭔가 보러 가지 못하게 말렸어야 했는디, 내 잘못이유."

바닥에 주저앉은 여자가 주먹 쥔 손으로 자기 가슴을 쳤다. 꾹꾹 참았던 설움이 병실을 찾아온 남편 때문에 폭발한 것 같았다.

"이제 다리를 못 쓴다는디, 어째유. 우리 손녀 가여워서……."

"그만하세요. 여기 다들 힘들어요!"

여자가 껑껑거리며 넋두리를 시작하자, 창가 쪽에 있는 아저씨가 꽥 소리를 질렀다. 그래도 여자는 멈추지 않았다.

"손주 하나 있는 거 잘 키워 보려고 그렇게 애면글면했는디, 다리를 잘라야 한다니 시상에 이렇게 억울할 일이 어디 있어유."

"죽은 애들도 있는데, 그깟 다리가 무슨 대수라고……!"

창가 쪽 아저씨가 여자에게 달려들었다. 손녀를 찾아온 남자가 그 아저씨를 막았고, 넋두리를 하던 여자는 아예 통곡을 했다. 거의 동시에 유수 앞의 소녀가 손으로 머리를 감싸 안은 채 비명을 질렀다.

"다 죽었어. 애들 다아 죽었어!"

믿을 수 없는 말이었다. 유수는 자리에서 벌떡 일어났다.

"엄마! 죽어? 누가 죽어?"

유수가 온몸을 비틀며 엄마를 잡았다. 단단히 감긴 목 깁스도 소용없었다. 엄마가 유수를 꼭 끌어안았다. 그래도 유수는 진정이 되지 않았다.

"유수야, 아니야. 제발 가만히 있자!"

아빠까지 나서서 유수를 붙들었다.

"죽었어? 누가 죽었냐고!"

"야, 이 계집애야, 넌 그것도 모르냐?"

날선 대답이 날아들었다. 유수는 몸을 빳빳이 세웠다. 앞 침대의 소녀가 번득이는 눈으로 유수를 쏘아보았다. 유수는 그 애가 낯설지 않았다.

"거기 콘서트장 들어간 애들 다 죽었어. 살아 나온 것만 해도 기적이라고."

앞 침대의 소녀가 바락바락 악을 썼다. 양쪽 침대에서도 비슷한 말과 울음이 마구 터졌다. 유수는 정신을 차릴 수가 없었다. 열 감기에 걸린 듯 덜덜 몸을 떨며 엄마를 보았다. 엄마는 숨죽인 채 눈물만 흘렸다. 이윽고 파란 옷을 입은 아저씨와 간호사가 들어왔다.

"여기 병상 모두 이동하겠습니다. 준비해 주세요."

아빠가 서둘러 짐을 챙겼다. 엄마는 비틀어진 유수의 깁스를 잡고 있었다. 병상을 바삐 오가던 간호사가 유수에게 다가와 깁스를 확인했다.

"701호로 데려가실 수 있겠습니까?"

파란 옷을 입은 아저씨가 아빠에게 다급하게 물었다. 아빠는 그러마고 대답했다. 그리고 서둘러 유수의 침대를 움직였다.

"이런다고 달라질 줄 알아요? 다 소용없어!"

소녀가 짜랑짜랑 목청을 높였다. 오른쪽 볼에 깊게 팬 보조개가 유수의 눈에 들어왔다. 리허설 음악에 맞춰 그룹 써버의 춤을 똑같이 추던 아이였다. 유수는 침대에 몸을 누인 채 눈을 꼭 감았다.

'저 아이…… 다리를 잘라야 한다고? 왜…….'

음악을 타고 나는 듯이 춤을 추던 아이였다. 믿을 수 없어, 유수는 이를 악물었다.

복도에 드르륵거리는 침대 바퀴 소리가 요란했다. 갑작스럽게 병실 이동이 시작된 탓에 다들 방향을 잃고 이리저리 헤매는 듯싶었다. 유수의 침대도 마찬가지였다. 이쪽으로 저쪽으로 목적지를 찾아 움직이는데 엄마의 목소리가 나직이 울렸다.

"다른 병원으로 가면 안 돼요?"

"지금?"

스르르 침대가 멈췄다. 엄마 아빠는 고민을 하는 듯했다.

"지금은…… 안 되겠죠?"

엄마의 목소리가 불안하게 떨렸다. 아빠가 고개를 끄덕였는지 아닌지 유수는 알 수가 없었다. 어쨌든 잠시 멈췄던 침대가 다시 움직였다. 그리고 어딘가에서 멈춰 섰다. 차례를 기다리는 거였다.

그러는 동안에도 복도에서는 크고 작은 소리가 비명처럼 울렸다. 엄마는 두 손으로 유수의 귀를 꼭 막았다. 그래도 한번 들어온 소리는 마음속을 떠나지 않았다.

'죽었다. 콘서트장에 들어간 애들 다…….'

보미랑 서연이의 얼굴이 떠올랐다. 이대로 가만히 기다릴 수 없었다.

"엄마! 보미랑 서연이 좀 찾아 줘!"

눈을 번쩍 뜨고 유수가 소리쳤다.

"유수야, 제발……!"

엄마가 유수를 끌어안고 흐느끼기 시작했다.

"천천히 하자! 천천히!"

아빠가 다부지게 말을 맺었다. 차돌처럼 단단한 표정이었다. 더 이상은 아무 말도 하지 말라는 거였다.

유수는 미룰 수 없는데, 엄마 아빠는 그럴 수 있는 모양이었다. 아니, 어떻게든 미루고 싶은 모양이었다. 엄마와 아빠가 도와주지 않는 이상 유수는 아무것도 할 수 없었다. 그래서 답답하고 미칠 것만 같았다.

다시 침대가 움직였다. 큼지막한 엘리베이터에 빽빽하게 침대가 차고, 한 층 또 한 층을 올라갔다. 아빠는 입술을 굳게 다문 채 침대를 밀었고, 엄마는 얼굴을 수건으로 가린 채 쫓아 걸었다.

8

아무 일도 없었던 것처럼 시간이 흘렀다.

옷을 갈아입고 유수는 침대에 걸터앉아 창밖을 보았다. 파란 하늘에 신록이 우거져 온통 초록으로 빛났다. 6월에 딱 맞는 빛깔이었다. 오가는 사람들의 옷차림도 하늘하늘 가벼웠다. 선명한 꽃무늬가 유독 눈에 띄었다.

'어떻게 저럴 수 있지.'

유수는 주먹을 꼭 쥐었다. 울긋불긋 선명한 창밖 풍경이 눈꼴셨다.

유수는 휙 몸을 돌렸다. 침대마다 자리를 지키고 누운 사람들이 보였다. 이중에 서진타운에서 실려 온 환자는 없었다.

"결제했다. 그만 가자."

엄마가 활짝 웃으며 병실로 들어왔다.

"꼬맹이 이제 가니?"

옆 침대의 할머니가, 아니 아주머니가 아는 척을 했다. 유수는 고개만 까딱거렸다. 별로 말을 섞고 싶지 않았다. 아주머니가 나빠서는 아니었다. 다만 동정의 눈빛으로 이제는 다 잘될 거라는, 근거 없는 희망을 말하는 게 부담스러웠다.

"아주머니, 빨리 낫고 들어가세요."

엄마는 병실에 있는 아주머니들에게 씩씩하게 인사를 하고는 가방을 집어 들고, 유수의 손을 잡으려 했다. 유수는 모르는 척 손을 뿌리치고 병실을 나섰다.

병원에 있는 일주일 동안 엄마는 유수의 일거수일투족을 감시했다. 10년 가까이 일한 학원까지 그만두고서 말이다. 유수가 묻는 말에는 제대로 대답을 않았다. 항상 '나중'이라는 말만 기계처럼 되풀이했다.

"뭐 좀 먹고 갈까?"

운전석에 앉으며 엄마가 물었다. 유수는 대꾸를 않았다.

"유수야, 뭐 먹고 싶은 거 없어?"

그래도 유수는 꿈쩍을 않았다. 엄마는 한숨을 푹 내쉬고 시동을 걸었다.

병원에 있는 동안 엄마는 텔레비전 시청 금지령을 내렸다. 휴대폰도 만들어 주지 않았다. 보미와 서연이의 소식을 알아다 주지도 않았고, 써버에 대해서도 몰라라 했다. 모두 유수를 위해서라고 했다. 하지만 엄마는 하나만 알고, 둘은 몰랐다.

"네가 서진타운에 있다가 실려 온 아이라며?"

"어쩌다가 그날 거기 간 거니?"

병실을 같이 쓴 아주머니들은 남 말하기가 취미인 사람들이었다. 엄마가 있을 때는 힐끔힐끔 눈치를 살피다가도 엄마가 잠깐이라도 자리를 비우면, 아주머니들은 들으란 듯이 서진타운 이야기를 했다.

그 이야기 조각들을 하나씩 맞춰 보면, 얼추 사고의 정황이 드러났다.

지하 2층, 지상 3층의 건물이 1분이 채 안 되는 시간에 '와르르' 무너져 내렸다. 그날 마침 아이돌 그룹의 공연이 있어서, 어린 여자아이들이 떼로 죽어 나갔다. 구급대와 탐지견은 물론 미국에서 인명 구조에 쓴다는 최신 기계까지 들여와 무너진 건물더미 속에서 사람을 찾고 있지만 생존자는 거의 없다…….

바로 옆 침대의 아주머니는 생존자와 실종자, 사망자 명단을 뒤져 보미와 서연이의 소식도 알려 주었다. 부상자 명단에서 찾아낸 보미는 서울 시내 어느 병원으로 옮겨진 듯했고, 서연이의 행방은 아직까지 알려진 게 없었다. 어이없게도 사망자 명단에는 유수의 이름이 있었다.

'엉터리야…….'

보미도 서연이도 유수가 찾아내야 했다. 어디에서 어떻게 찾아야 할지 방법은 알 수 없지만, 어쨌든 직접 해야 할 일이었다. 그러려면 엄마의 도움이 필요했다.

"거기 가고 싶어요."

"어디?"

운전을 하느라, 엄마는 제대로 알아듣지 못한 듯했다. 유수는 엄마를 향해 몸을 틀었다.

"거기요, 사고 난 데!"

엄마는 놀란 눈으로 유수를 쳐다보고는 길가 한쪽에 차를 세웠다. 그러고는 차분한 목소리로 다시 물었다.

"갑자기 거기는 왜 가려고?"

뭐라고 대답을 해야 좋을지 판단이 되지 않았다. 가서 보미랑 서연이를 찾겠다고 해 봤자, 엄마의 반응은 선선하지 않을 거였다. 유수가 입을 꾹 다문 채 가만히 있자, 엄마가 다시 차에 시동을 걸었다.

"어차피 한 번은 가 봐야 할 테니까."

엄마는 내비게이션을 켜고, 서진타운을 검색했다. 내비게이션은 금방 길 안내를 시작했다. 유수는 마른침을 꿀꺽 삼키고, 정면을 향해 똑바로 앉았다. 손바닥에 땀이 났다. 그날도 유수 손바닥은 땀이 났었다. 유수는 입술을 오물거리며 두 손을 비볐다.

"일주일 지난 거 알지?"

운전을 하며 엄마가 물었다. 일주일 만에 병원에서 나왔으니, 사고가 난 때는 일주일 전일 거였다.

"아직 사고 처리 중이래."

유수는 가만히 듣기만 했다.

"위에서부터 아래로 폭삭 내려앉아서⋯⋯."

그날, 응급실에서 만난 아저씨 역시 붕괴됐다고 했었다. 붕괴. 허물어져 무너짐. 그러니까 서진타운 건물이 위에서 아래로 폭삭 내려앉았다는 그 말이었다. 유수는 두 손을 맞잡은 채 엄마의 말에 귀를 기울였다. 엄마가 말을 이었다.

"층층이 겹겹으로 쌓여 있어서……."

유수는 얼굴을 찡그렸다. 층층이 겹겹이라는 게 어떤 형태인지 상상이 되지 않았다.

"건물 바닥 그 위에 천장, 그 위에 바닥, 다시 천장……. 신문에서는 시루떡이라고 표현하더라."

엄마가 알아듣기 쉽게 말을 보탰다. 그러고는 흘깃 유수를 보았다. 유수는 부들거리는 주먹을 무릎에 얹은 채 정면만 보았다. 엄마가 말을 붙였다.

"무너지면서 포개져 버린 바닥과 천장 사이에 사람이 끼어 있는 거라……."

유수는 꼿꼿이 세운 몸에 바짝 힘을 줬다. 떨림을 들키고 싶지 않았다.

"사실상 구조가 힘들대. 건물 자체가 땅속으로 푹 꺼지듯 들어가 버려서 그 아래로 들어가 빼내기는 무리라……."

서진타운 바닥은 대리석이었다. 그리고 천장은……. 정확히 기억나지 않지만 아무튼 대리석 바닥과 천장이 포개졌다면, 그 사이에 끼어 있는 사람은 어떻게 되었을까. 생각만으로도 유수는 허옇게 질렸다.

"가지 말까?"

"아니."

얼른 대꾸했다. 마음먹었을 때 가야 했다.

엄마는 입을 다물고 운전에 집중했다. 얼마 지나지 않아 '서진역' 안내 표지판이 보였다. 영화의 한 장면처럼 그날이 떠올랐다. 보미, 서연이와 지하철을 타고, 서진역까지 쉴 새 없이 재잘거렸던 일. 서진역에 내리자마자 서진타운을 뒤덮은 그룹 써버의 현수막을 보며 감탄했던 일. 그리고 서진타운 입구에서부터 공연장까지 길게 늘어서 있던 화환들. 찰칵이며 찍어 댔던 사진들!

"내 휴대폰, 못 찾았지?"

유수의 말을 듣지 못했는지, 엄마는 입을 꾹 다문 채 운전대를 돌렸다. 서진역 안내 표지판은 이제 직진 표시로 바뀌었고 언덕배기가 보였다. 육중한 서진타운 건물이 바로 저 자리에 있었다.

그날, 지하철역에서 나와 서진타운에 갈 때까지는 그리 덥지 않았다. 화환들 사이에서 사진을 찍을 때도 더운 줄 몰랐다. 그러다 차츰 땀이 나기 시작했고, 3층 식당가에서 에어컨이 고장 났다는 사실을 알았다.

"휴대폰……."

엄마가 입을 열었다. 유수는 생각을 멈추고 엄마를 보았다.

"찾았으면 좋겠어?"

"당연하지."

휴대폰에는 보미와 서연이와 함께 만든 추억이 가득 있었다.

엄마는 다시 차를 세웠다. 유수는 멀뚱멀뚱 엄마를 보았다.

"울지 않겠다고 약속하면!"

엄마는 약속을 받아 내려는 것처럼 유수를 보았다. 유수는 눈에 힘을 주며 고개를 끄덕였다. 휴대폰을 찾을 수만 있다면 노력할 거였다.

엄마가 운전석과 보조석 사이의 수납함을 열었다. 차량용 충전기에 유수의 휴대폰이 꽂혀 있었다. 유수는 표정 하나 흐뜨리지 않고 휴대폰을 바라보았다. 보고 있으면서도 믿기지 않았다. 정말 그날, 유수가 쥐고 있던 그 휴대폰이 맞는지 확인이 필요했다. 유수는 가볍게 떨리는 손으로 휴대폰을 빼 들었다.

"현장 수습하면서 나온 물건들을 쭉 진열해 놨더라. 사고 나고 이틀 뒤에 가서 찾아왔어."

"근데 왜 여태 안 주고……."

유수를 위해서라고 대답할 게 뻔했다. 유수는 휴대폰을 꼭 끌어안았다. 엄마는 다시 차를 몰았다.

오르막에서 유수는 눈을 질끈 감았다가 천천히 떴다. 써버의 큼지막한 현수막을 드리운 건물이 거기 있어야 하는데, 없었다. 이미 알고 있었지만 텅 빈 자리를 눈으로 확인하니 가슴이 아렸다.

느릿느릿 움직이던 자동차가 현장 근처에서 멈췄다. 유수는 말없이 현장을 바라보았다.

마치 아무것도 없었던 것처럼, 아니 마치 지금 새로 건물을 올리려는 듯 건축 자재가 흩어져 있었고, 포클레인 두 대가 시멘트 덩어리를 깨부쉈다.

'보미랑 서연이는…… 없어…….'

살아 있더라도 이곳에는 없을 거였다.

우두두두두! 요란한 소리가 귀청을 찢었다. 유수는 얼른 두 손으로 귀를 막았다.

"갈까?"

엄마가 다급하게 물었다. 유수는 고개를 저었다. 봐야 할 것 같았다. 그래야 보미랑 서연이에게 말해 줄 수 있을 테니까. 유수는 어금니를 꽉 깨물고, 현장에서 눈을 떼지 않았다.

포클레인이 지나간 자리에 회색 가루가 폴폴 날렸다. 그날, 눈앞을 가리던 짙은 가루의 정체였다. 이윽고 굵은 물줄기가 쏟아졌다. 길가에 주차된 빨간 소방차에서 나오는 물이었다. 물줄기가 회색 가루를 집어삼키자, 마스크에 안전모를 쓴 구급대원들이 네모난 판과 커다란 삽을 들고 현장으로 달려왔다. 그러고는 포클레인이 부순 시멘트 덩어리를 네모난 판에 담아 주차된 덤프트럭에 옮겨 부었다.

"저게 뭐 하는 거야?"

유수가 혼잣소리하듯 물었다.

"아까 말했잖아. 아래로 들어갈 길이 없어서……."

무너진 건물의 위쪽부터 한 겹씩 한 겹씩 걷어 내고 있었다.

"저렇게 해서 언제 다 끝내?"

말끝에 화가 묻었다. 참으려고 했지만 어쩔 수 없었다.

"저분들 일주일째 잠도 제대로 못 자고, 먹지도 못하고, 날이면 날마다 저 먼지 구덩이에서 저러고 계신대."

일이 더디다고 투덜거리지 말라는 뜻 같았다. 부연 시멘트 가루 속에서 부지런히 움직이는 구급대 아저씨들이 안쓰러워 보였다. 저 아저씨들이 무슨 죄인가 싶기도 했다. 그래도 시멘트 덩어리를 손으로 하나하나 헤집으며, 퍼 나르고 있는 모습은 너무 답답했다.

'저러다 병이 날지도 몰라……'

멀거니 사고 현장을 보고 있는데 차가 움직이기 시작했다. 엄마는 이제 그만 돌아가야겠다고 생각한 모양이었다. 그런데 그 뒤쪽으로 천막이 보였다. 사고 현장의 규모만큼이나 큰 천막 아래로 엄청나게 많은 사람들이 바쁘게 움직이고 있었다.

"엄마, 저기……."

엄마가 다시 차를 세웠다. 그리고 유수가 가리키는 곳을 바라보았다.

"가족들 있는 데야."

엄마의 목소리는 낮고 서늘했다. 하지만 유수 얼굴에는 생기가 돌았다. 가족들이 있는 곳에 가면 무슨 소식이든 들을 수 있을지 모른다.

"가 보자!"

"엄마는 못 가."

엄마는 아예 고개를 천막 반대쪽으로 돌려 버렸다.

"왜?"

유수가 묻자 엄마는 아랫입술을 꾹 깨물었다.

유수는 다시 천막 아래를 살폈다. 넋을 놓은 듯 멍한 얼굴로 사고 현장을 바라보는 사람, 누군가에게 악다구니를 하며 발을 동동 구르는 사람, 지친 듯 쓰러져 있는 사람, 통곡을 하는 사람까지. 하나같이 퉁퉁 부은 얼굴로 천막 아래를 지키고 있었다. 아마도 자식을 찾는 부모들일 것이다. 유수는 천막으로 가 보자고 더는 조를 수 없었다.

"가자, 엄마."

엄마는 콧물을 삼키며 자동차에 시동을 걸었다. 유수는 벗어나기 전 다시 힐끔 그곳을 보았다. 밥을 짓는 사람과 갖가지 물품을 어른 키 높이만큼 쌓고 있는 사람 들이 보였다. 지친 부모들을 돕는 사람들인 듯했다. 모른 척 그냥 두지 않아서 다행이라고, 유수는 생각했다.

9

몇 번씩 숨을 고르고, 몇 번씩 두 눈 흡뜨고 쏘아보기를 반복하다가 유수는 휴대폰의 전원 버튼을 눌렀다. 켜지지 않기를 바라는 마음과 그래도 켜지기를 바라는 마음이 제멋대로 오락가락했다. 그러기를 잠깐, 휴대폰이 멀쩡하게 살아났다.

홈 화면으로 설정해 둔 제이의 장난스러운 얼굴이 유수를 바라보았다. 가슴이 쿵 내려앉았다.

'써버는 어떻게 되었을까?'

집에 오면, 텔레비전을 보고 인터넷을 뒤져 알아낼 수 있으리라 생각했다. 하지만 아무것도 하지 못하고 있었다. 어릴 적부터 지내 온 집인데도 불현듯 집이 두려웠다. 위층에서 발소리가 쿵쿵 울리면 서진타운에서의 악몽이 떠올랐다. 물소리가 들리면 귀를 틀어막았다. 창밖은 내다볼 수도 없었다. 그런 유수 때문에 집은 한낮에도 갈색 블라인드가 쳐져 있었다. 창밖에서 오토바이 소리가 붕 들려와도 유수는 몸을 웅크렸다.

엄마는 뭔가를 알려고 애쓰지 말라고 했다. 시간이 좀 더 지나면 괜찮아질 거라고 위로했다. 집에서는 텔레비전도 켜지 않았다. 대신 너무 조용하면, 이웃집 소리가 더 크게 울릴까 봐 클래식 음악을 틀었다. 엄마는 유수가 옴츠러들기를 원치 않아 휴대폰도 보지 말라고 했다. 하지만 유수의 손에는 그날의 순간이 담긴 휴대폰이 있었다. 절대로 모르는 척 넘겨 버릴 수 없었다.

　휴대폰에 와이파이망이 잡히자, '딩동' 소리와 함께 수십 개의 문자와 부재중 전화 알림이 떴다. 단체 채팅방에도 읽지 않은 메시지의 개수가 어마어마한 숫자로 떠 있었다. 사고가 나고 꼬박 열흘이 흘렀다.

　유수는 부재중 전화 목록부터 열었다. 담임 선생님을 비롯해 반 친구 여럿의 이름이 알 수 없는 번호들 사이에 끼어 있었다. 그중에는 소혜도 있었다. 하지만 보미랑 서연이의 이름은 없었다. 단체 채팅방을 보며 유수는 아예 도리질을 쳤다. 열흘의 흔적을 일일이 읽고 뗄 수 없었다. 유수는 문자를 열었다. 부재중 전화 목록에서 보았던 것과 비슷한 이름이 주르륵 펼쳐졌다. 유수는 입술을 깨물며 소혜의 문자를 열었다.

　– 강유수, 나한테는 언제 올 거야? 나 혼자 둘 거야?

　가슴속에 커다란 돌덩이가 떨어졌다. 묵직한 돌덩이라 울림도 컸다.

　소혜도 많이 두렵고 슬프고 막막했겠구나 싶었다. 열흘 동안 소혜 생각을 놓쳤다는 게 미안했다. 유수는 문자 메시지 옆의 전화 버튼을 길게 눌렀다. 통화 연결음이 울렸다. 하지만 소혜는 전화를 받지 않았다.

'수업 시간이구나!'

낮 2시를 조금 넘긴 시간. 학교에서라면 6교시 수업을 들으며 정신없이 꾸벅거리고 있을 때였다.

'그때로 돌아갈 수 있다면…….'

멍하니 휴대폰을 바라보다가 유수는 고개를 저었다. 다음 주부터는 학교에 나갈 거였다. 그러면 6교시 수업을 들으며 정신없이 졸 수 있었다. 하지만 앞자리에서 유수의 가림막 역할을 해 주던 친구는 없었다. 가슴이 또 요동을 쳤다. 하루에도 몇 번씩 나타나는 증상이었다.

유수는 두 손으로 뺨을 짝짝 내리쳤다. 그리고 소혜의 문자에 답을 했다.

– 나 돌아왔어. 연락해.

더 이상은 살펴보기 싫었다. 살펴볼 필요도 없을 것 같았다.

유수는 침대에 벌렁 드러누웠다. 잠을 자고 싶었다. 하지만 병원에 있을 때부터 잠자리는 늘 불편했다. 잠만 들었다 하면 꿈이 찾아들었다. 꿈속에서 유수는 보미와 서연이를 만났다. 그런데 둘 다 유수를 보고도 아는 체를 않았다. 가끔씩은 써버의 리더, 제이도 나타났다. 제이는 늘 피투성이였다. 때로는 무너져 내

린 서진타운이 보이고, 또 시멘트 가루 자욱하던 그 현장이 찾아
들기도 했다. 유수는 비명을 지르며 침대에서 일어났다. 그럴 때
마다 엄마가 뛰어 들어왔다.

"괜찮아질 거야. 천천히 좋아질 거야."

주문이라도 거는 듯 엄마는 늘 같은 말을 되풀이했다. 하지만
마음은 좋아지지 않았다. 늘 제자리걸음이었다.

이리저리 뒤척이는데 노크하는 소리가 났다. 엄마가 나직하게
유수의 이름을 불렀다.

"유수야, 누가 왔는데……."

"누구?"

유수가 고개를 옆으로 기울이는데 누군가의 기척이 느껴졌다.
교복을 입은 소혜가 활짝 열린 문 앞에 서 있었다.

"진소혜!"

울음이 터졌다. 누가 먼저라고 할 것도 없이.

엄마는 슬그머니 방을 나갔다.

"이 시간에 어떻게 왔어? 아직 수업 중 아니야?"

유수가 시계를 올려다보며 물었다. 3시 40분. 수업 시간이 맞
았다.

"선생님이 보내 주셨어."

소혜가 울음을 삼키고 대답했다.

"나 때문에?"

소혜가 젖은 눈으로 유수를 보았다. 고개를 끄덕이지 않았다.

"내가 보낸 문자 본 거야?"

유수가 다시 물었다. 소혜는 유수의 손을 만지작거리며 조심스럽게 입을 열었다.

"학교에서 나오다가 봤어. 이년들이 연락도 한날한시에 하는구나 싶더라. 우리 친구 맞나 봐."

소혜가 맥없이 웃었다.

"누구…… 연락 왔어? 보미?"

소혜가 고개를 저었다.

"서연이……."

소혜는 얼굴을 감싸고 어깨를 들썩이며 꺽꺽거렸다. 유수는 하얗게 질린 얼굴로 소혜를 잡았다. 그러고는 큰 소리로 물었다.

"서연이가 어디에서, 응? 어떻게 연락이 온 거야?"

유수의 목청이 커지자 엄마가 급하게 방으로 돌아왔다. 그러고는 유수의 어깨를 잡았다.

"서연이 장례식장에 가려고 일찍 나온 거래."

소혜가 전할 말을 엄마가 대신했다. 유수는 몸을 곧추세우고는 천장을 보았다. 장례식장이라는 단어가 낯설어서 반응을 할 수가 없었다. 어디론가 떨어지는 기분. 지독한 회색 가루가 날리던 그날이 재연되는 듯 어지러웠다.

"유수는 집에 있는 게 낫겠다."

유수의 낯을 살피며 엄마가 말했다. 소혜는 울음을 멈추고 몸을 일으켰다.

"그럼 나 혼자 갔다 올게."

"아니야. 안 돼. 아, 어떡해……."

유수는 아무 말도 못 한 채 소혜의 팔을 잡았다. 소혜만 보낼 수도 소혜를 따라갈 수도 없었다.

"수업 마치고, 너희 담임 선생님이랑 반 애들도 가 본댔어. 가면 아마 다들 있을 거야."

소혜가 담담하게 말했다. 유수는 고개를 휘휘 저었다. 서연이에게 가 봐야 했다. 선생님이나 반 친구들보다도, 유수와 소혜가 함께. 그리고 또 한 사람이 필요했다.

"……보미는? 보미도 서연이랑 같이 있었는데!"

유수의 목소리가 천장을 뚫을 듯 격해졌다.

"보미는 병원에 있어."

"진짜? 만나 봤어?"

소혜는 고개를 끄덕였다.

"진짜지?"

소혜는 고통스럽게 일그러진 얼굴로 연신 고개를 끄덕였다.

"언제 만나 봤어? 왜 나한테는 연락도 없어?"

유수가 숨을 몰아쉬며 물음을 던졌다.

"너한테도 연락했을 거야. 전화번호가 엉뚱한 거라……."

낯선 전화번호 사이에 보미의 것이 있는 모양이었다.

"보미도 서연이한테 가 봐야 하지 않아?"

이왕이면 셋이 같이 만났음 싶었다. 소혜는 유수 엄마에게 눈길을 돌렸다. 눈가가 가느다랗게 떨리고 있었다. 엄마가 얕게 숨을 내뱉고는 유수에게 말했다.

"보미는 아직 병원에서 나올 수 없대."

크게 다친 모양이었다. 보미는 병원에서 나오지도 못하는데, 서연이는 아예 세상을 떠나 버렸는데, 유수는 울고 있는 게 사치처럼 느껴졌다.

"같이 가자!"

유수가 얼굴이 벌겋게 달아올라 단호하게 말했다.

"갈 수 있겠어?"

소혜가 조심스럽게 물었다. 엄마의 눈빛에도 걱정이 가득했다. 사실 유수도 겁이 났다. 하지만 이대로 있으면 서연이가 너무나 슬퍼할 것 같았다.

"뭐 좀 먹고 엄마랑 같이 가자. 소혜도 좀 이따 가도 되지?"

엄마가 자리에서 일어나며 목소리를 키웠다. 소혜는 고개를 끄덕이고 유수의 손을 잡았다.

엄마는 크림 파스타와 유부 초밥을 만들었다. 그러는 사이 유수와 소혜는 침대에 누워 멍하니 천장을 쳐다보았다. 그리고 간간이 학교 이야기를 나누었다. 써버의 음악은 틀지도 않았다. 그날을 떠오르게 하는 것은 아무것도 입에 담지 않았다. 그런데도 불쑥불쑥 그날 일이 떠오를 때면 둘은 말을 피했다. 더 이상 울 수 없었다. 우는 건 참으로 힘든 일이었다.

엄마가 준비한 음식을 먹고 유수는 소혜와 방으로 돌아왔다. 뭘 입고 가야 하나 고민스러웠다. 친구의 장례식은 생각할수록 낯설고 두려웠다.

열흘 만에 교복을 입고 유수는 집을 나섰다. 엄마도 함께였다.

집 밖의 공기는 더웠다. 그날의 서진타운이 불현듯 떠올랐다. 유수는 어깨를 구부정하게 한 채 자동차 뒷자리에 올랐다. 소혜도 유수 옆에 나란히 앉았다.

서서히 자동차가 움직이기 시작했다. 유수는 저도 모르게 몸을 떨었다. 더운 공기와 떨림은 별개인 모양이었다. 소혜가 유수의 손을 잡았다.

"우리 웃자."

잘못 들었나 싶어 유수는 소혜를 보았다.

"서연이 계집애, 잘 웃던 애잖아. 그러니까 웃어 주자."

소혜가 아랫입술을 질끈 깨물었다. 유수는 고개를 끄덕이며 창밖을 향해 몸을 돌렸다. 어스름한 거리에 하나둘 가로등이 켜졌다. 서연이가 가는 길을 밝혀 주려는 것 같았다.

"그래, 웃자."

자신은 없지만 소혜 말대로 하는 게 맞을 것 같았다.

장례식장은 서진타운 근처에 있는 자그마한 병원에 있었다. 합동 분향소 역시 서진타운 가까이에 있었다. 이래저래 유수는 마음이 편치 않았다. 퇴근 시간대에 겹쳐 자동차는 가다 서다를 되풀이했다. 장례식장까지 가는 길은 너무나 멀었다.

"너희 반 애들은 다녀갔나 봐."

소혜가 휴대폰을 들여다보며 가벼운 목소리로 말했다. 다행스러운 마음에 유수는 고개를 끄덕였다. 어차피 만나게 될 담임 선생님과 반 친구들이지만 되도록 천천히 만나고 싶었다.

한 시간여 만에 장례식장에 도착했다. 유수는 마음을 다잡고 차에서 내렸다. 반대편으로 내린 소혜가 부리나케 유수 옆으로 다가왔다. 주차를 마친 엄마도 유수 옆에 나란히 섰다. 유수는 입술을 깨물며 장례식장을 향해 발을 뗐다.

"오늘 발견된 희생자의 친구인가요?"

누군가가 셋의 앞을 막아섰다.

"무슨 일이시죠?"

엄마가 여자를 똑바로 쳐다보며 물었다.

"저는 SBC의 이주현 피디라고 하는데요."

여자가 엄마에게 명함을 건넸다. 여자 뒤로 방송용 카메라가 다가왔다.

"무슨 일이냐고요!"

엄마는 평소와 달리 신경질적이었다. 유수는 고개를 푹 숙인 채 엄마의 등 뒤에서 숨을 죽였다. 소혜는 가만히 유수의 어깨를 잡았다.

"이번 붕괴 사고와 관련해서 10대들의 꿈과 희망에 대한 다큐멘터리를 제작하려고 하는데요."

"저희는 관심 없습니다."

엄마는 유수의 팔목을 세게 잡고 걸음을 옮기려 했다. 하지만 여자는 물러나지 않았다.

"이번 사고에 유독 10대 소녀들의 희생이 많은데요. 그 이유가 그룹 써버의 콘서트 때문이라고 합니다. 서진홀은 날림 공사로 그 위험성에 대한 우려가 계속 있었는데, 10대 소녀들은 왜 위험을 감수하면서까지……."

"그게 왜 써버 때문이에요?"

유수가 날카롭게 물었다. 여자의 눈길이 유수에게로 향했다.

"너도 써버 콘서트에 갔었니?"

"왜 써버 때문이냐고요?"

유수의 목소리는 표독스럽게 변했다.

"꼭 써버 때문이라는 게 아니라, 10대 소녀들이 향유할 수 있는 문화가 적다 보니까……."

"그러니까 써버 때문은 아니잖아요!"

발작을 하듯 목소리에 날이 섰다. 엄마가 얼른 유수를 붙잡았다. 그러고는 여자에게 쏘아붙였다.

"하지 마세요. 우린 관심 없어요."

"따님은 할 얘기가 있는 것 같은데요."

"써버 때문은 아니라고요. 그 얘기만 하려는 거예요."

이번에는 소혜가 대꾸했다.

"그럼 너도?"

먹잇감을 발견한 매처럼 여자는 눈을 번득였다.

"어린애들 장례식장까지 쫓아와서 꼭 이래야 해요? 이런 거 아니면 방송거리가 그렇게 없어요?"

엄마가 성난 목소리로 여자를 다그쳤다.

"이 시점에서 꼭 필요한 이야기잖아요, 어머님."

여자는 자기 생각이 맞다고 확신하는 듯했다. 유수는 고개를 절레절레 저었다. 10대 소녀들의 꿈과 희망. 그게 지금 이 시점에 필요한 이야기일까 싶었다. 아니라는 대답이 마음속에 울렸다. 10대 소녀들의 꿈과 희망은 지금이 아니라 어제, 아니 내일도 할 수 있는 이야기였다. 그럼에도 불구하고 굳이 지금 그런 이야기를 하려는 건 방송국 피디라는 사람의 욕심 때문이었다. 자극적인 소재로 시청률을 올려 보려는 욕심. 유수는 욕심 많은 여자를 빨리 떨어내고, 서연이를 만나러 가고 싶었다.

"엄마, 그냥 가자……."

유수가 엄마의 팔을 잡아끌었다. 엄마도 따지기를 멈추고 유수와 걸음을 맞췄다.

"그럼 너는 무엇 때문에 친구가 죽었다고 생각하니?"

등 뒤에서 여자가 소리쳤다. 유수는 심장이 멎을 것만 같았다. 한 발짝도 움직일 수 없었다.

엄마가 사색이 되어 여자를 돌아보았다.

"여기서 그런 질문이 꼭 필요해요?"

새끼를 지키려는 맹수처럼 엄마는 눈빛이 번득거렸다. 그제야 여자는 흠칫 물러섰다. 카메라 아저씨도 장비를 내렸다.

유수는 자리에 풀썩 주저앉았다. 여자의 질문으로 머릿속이 또다시 혼란스러워졌다.

10

믿을 수가 없어.

서연아, 너, 왜 거기 있는 거니?

이팝나무에 흐드러지게 핀 흰 꽃을 좋아하는 네가 왜, 흰 국화에 뒤덮여 거기에서 웃고 있는 거니? 좋아하는 꽃이 고작 이팝나무 꽃이라고, 깔깔대며 놀려 대던 우리에게 네가 말했잖아.

"이팝나무는 오래전에 쌀밥나무로 불렸대. 굶주린 백성들이 이팝나무의 흰 꽃을 보면 쌀밥을 떠올린다고 해서 붙여진 이름이지. 그만큼 평범한 사람들이랑 가장 가까운 꽃나무가 이팝나무야."

꿈꾸는 듯 아스라한 얼굴로 이팝나무의 흰 꽃을 올려다보던 네가 또렷이 떠오르는데……. 바보야, 네가 왜 국화 더미에 묻혀 있느냐고.

웃으면서 너를 만나려고 했는데, 소혜랑 그렇게 하기로 약속했는데 그러지 못했어. 처음부터 지킬 수 없는 약속이긴 했지. 게다가 너를 만나러 가는 길목에서 만난 이상한 아줌마. 그 아줌마의 질문이 칼날처럼 가슴을 찔러 대서 나는 그 길로 도망을 치고 싶었어. 소혜가 나를 잡지 않았더라면, 소혜가 네 이름을 목 놓아 부르지 않았더라면, 소혜의 부르짖음을 듣고 네 동생 수연이가 나오지 않았더라면. 나는 너를 만나는 시간을 포기했을지 몰라.

나 참 못났지……!

교복을 입은 너는 국화 더미에 파묻혀 소리 없이 웃고 있었어. 너무나 익숙한 학생증 사진 속 네 얼굴이 그곳에 있어서, 나는 아무것도 할 수가 없었어. 심장이 덜컥 멈춰 버린 것처럼 머릿속도 온통 하얗기만 했어.

너는 무엇 때문에 죽었을까. 정말 써버 때문일까. 써버만 아니었다면, 너는 여전히 눈을 갸름하게 뜨고 나를 쳐다보며 생글거렸을까. 머릿속이 혼란스러워 멍하니 앉아 있는데, 수연이가 다가오더니 내 앞에 제이의 사진이 담긴 열쇠고리를 내밀었어. 굿즈 판매 부스에서 우리가 함께 샀던 거. 소혜 주려고 나는 두 개를 샀던 바로 그거.

"이게 언니를 찾아 줬어."

수연이가 말했어. 나는 무슨 말인가 싶어 고개를 갸우뚱거렸지. 수연이는 열쇠고리를 뒤집어 보였어. 거기 네 이름이 적혀 있더라. 서연. 그리고 네가 이름 끝에 항상 그려 넣던 이팝나무 꽃. 어느 틈에 그린 거니.

"이게 어떻게 언니를 찾아 줘?"

나는 가느다랗게 떨리는 목소리로 수연이에게 물었어. 수연이는 핏발이 선 벌건 눈으로 너를 올려다보며 느릿느릿 말했지.

"공연장이 있던 그 층에 엄청 많은 사람들이 있었는데, 건물 잔해에 짓눌려서 누가 누군지 알 수 없었대. 몸이 짓눌려서. 머리도 없고. 팔도 없고. 언니, 그런 거 상상이 돼?"

머리도 없고, 팔도 없고, 몸통도 없고…… 아무것도 없는 시신 더미 속에 네가 있었단다. 그걸 어떻게 상상할 수 있겠니. 나는 고개를 푹 숙였어. 덤덤하게 말을 잇는 수연이 앞에 앉아 있기가 나는 너무나 미안했어. 그런데 수연이가 제이의 열쇠고리를 바라보며 그러더라.

"누군가의 바지 주머니에서 이게 나왔대. 이렇게 멀쩡하게 말이야. 그래서 그 누군가가 언니라는 걸 알게 된 거야. 참 신기하지?"

이제 고작 중학교 1학년짜리가 어찌나 의젓하던지. 나는 차마 수연이 앞에서 눈물을 보일 수 없었어. 이래서 네가 그렇게 예뻐했구나.

나는 이를 악물고, 너를 바라보며 수연이의 어깨를 잡았어. 그리고 미안하다 말했지.

"미안하다, 정말 미안하다."

수연이는 고개를 푹 숙인 채 말했어.

"언니가 왜 미안해?"

수연이는 뭔가 할 말이 남아 있는 듯 우물거리다가 제 엄마 옆으로 가 버렸어. 네 엄마는 네 앞에 꼿꼿이 앉은 채 미동도 않으셨어. 그저 너만 바라보고 계셨지.

"가자."

엄마가 내 팔을 잡고 나직하게 말했어. 엄마도 나처럼 미안해 하는 것 같아서 엄마 말을 거스를 수 없었어.

터덜터덜 주차장으로 걸어 나오는데, 방송국 피디라는 아줌마는 여전히 그곳에 진을 치고 있더라. 장례식장을 찾아오는 10대 소녀들을 찾고 있는 거겠지. 나는 아줌마에게 말해 주고 싶었어.

"써버 덕분에 내 친구를 찾았대요."

하지만 아줌마가 그래도 써버 때문에 죽은 거라고 우길까 봐 나는 다가갈 수 없었어.

소혜를 제집 앞에 내려 주고, 엄마와 함께 돌아오면서 나는 생각했어. 정말로 너는 왜 죽은 걸까. 그날 우리는 우리가 좋아하는 가수의 콘서트를 보러 간 것뿐이었는데. 그게 죽음으로 갚아야 할 만큼 잘못된 일이었을까. 콘서트를 보겠다고 수업 시간에 도망을 친 것도 아니고, 자율 학습을 빼먹은 것도 아닌데. 그날은 우리는 물론이고 전국에 있는 고등학생 누구나 합법적으로 쉴 수 있는 토요일이었는데.

아침 일찍 집을 나가, 삐질삐질 땀 흘려 가며 공연장 로비 바닥에 주저앉아 공연이 시작되기를 기다리고 또 기다리기만 한 게 잘못이었던 걸까. 공연 본다고 그렇게 일찍 공연장에 가서, 앞자리를 차지하겠다고 네 시간이 넘도록 자리 지키며 오기를 부렸던 거…… 그게 잘못이었던 걸까.

처음으로 잡았던 펜스였어. 스탠딩 공연장 객석 중 최고 자리.

우리는 한껏 신이 났었지. 써버의 팬질을 함께하며 처음으로 느꼈던 환희의 순간이었어. 그래서 놓을 수 없었던 거지. 공연장 객석 맨 앞줄의 펜스. 그걸 놓았더라면 어떻게 됐을까. 그걸 놓고 다른 사람들처럼 뛰쳐나왔다면, 너도 나랑 함께일 수 있을까.

나는 이제 무엇을 해야 할지 모르겠어.

너를 국화 더미에 묻어 놓고, 아무 일도 없었던 것처럼 모르는 척 지낼 수 있을까.

못 할 것 같아. 내가 잘 지내면 네가 더 슬퍼할 것 같아. 그러면 어떻게 지내야 하지.

서연아, 국화 더미 속에서 웃고만 있지 말고 나에게 말을 해 줘. 나는 바보 멍청이가 되어 버린 것 같아. 아무것도 생각할 수 없고, 판단할 수 없어. 나, 이대로 살아 있어도 괜찮은 걸까.

11

"보미 병원, 어딘지 안댔지?"

심리 치료실을 나서며 유수가 물었다. 서연이를 보내고, 꼬박 사흘이 흐른 뒤였다. 자동차 문을 열다 말고 엄마는 반색을 하며 유수를 보았다.

사고가 있고 보름쯤 되어 가자, 심리 상담 치료사 안 선생님은 유수에게 주문을 걸기 시작했다.

"당연히 피하고 싶을 거야. 하지만 언제까지 피할 수 있을까? 유수야, 피하려 들지 마. 커다란 구덩이가 앞에 있다고 그 앞에 멈춰 선 채 주춤거리기만 하면, 더 이상 나아갈 수 없어. 구덩이를 뛰어넘어야 새롭게 펼쳐지는 길을 걸어갈 수 있는 거야."

그리고 혼자가 힘들다면 친구를 찾아보라고 했다. 그러면서 꺼내 든 이름이 보미였다.

"지금 가 볼래?"

운전대를 잡으며 엄마가 물었다. 엄마는 유수가 안 선생님의 제안을 들어주는 것만으로도 흥분을 감추지 못했다. 하지만 유수는 마음이 갈팡질팡했다. 엄마가 유수의 손을 잡았다.

"보미도 너처럼 힘들어하고 있을 수 있어."

유수는 아랫입술을 잘근잘근 깨물었다. 보미의 얼굴이 떠올랐다. 보미는 넷 중 가장 밝고 명랑한 아이였다. 아무리 힘든 일이 있어도 별스럽지 않은 일로 넘겨 버리던 아이. 그런 아이도 지금은 힘들어할지 몰랐다. 아니, 힘들 거였다. 그런데 보미를 만나면, 안 선생님의 말처럼 모두 괜찮아질 수 있을까. 확신이 서지 않았다.

"내 앞에 새롭게 펼쳐질 길이 있을까?"

유수가 혼잣소리를 하듯 중얼거렸다.

"물론이지. 지금 이 고비를 잘 넘기면, 이전보다 훨씬 단단하고 멋진 길이 펼쳐질 거야."

엄마는 마치 심리 상담 치료사라도 되는 것처럼 목소리에 힘을 줬다. 유수는 물끄러미 엄마를 보았다. 엄마의 눈빛은 곧 끊어질 듯한 줄을 감아쥔 사람처럼 간절해 보였다. 엄마를 위해 조금이라도 노력하는 모습을 보여야 할 것 같았다. 유수는 고개를 끄덕였다. 엄마의 얼굴이 스르르 풀어졌다. 그리고 자동차에 시동이 걸렸다.

보미가 있는 병원은 그리 멀지 않았다. 집에서 출발하면 더 가까울 것이다. 이렇게 가까운 걸 왜 여태 찾아오지 않았을까 후회가 되었다. 병원으로 들어가면서, 유수는 휴대폰을 만지작거렸다. 기다렸다가 소혜랑 같이 올 걸 그랬나 싶었다. 하지만 모처럼 밝은 얼굴로 따라오는 엄마 때문에 번복할 수 없었다.

"저기야. 714호."

7층 엘리베이터 앞에서 엄마가 말했다. 엄마는 엘리베이터 옆에 있는 휴게실에서 기다리겠다고 했다. 유수는 엄마와 떨어져 혼자 병실로 향했다. 한 발 한 발 걸음을 옮길 때마다 심장이 쿵 쿵 소리를 냈다.

병실 앞에 서서 유수는 힐끔 안을 들여다보았다. 환자가 다섯 정도 있는 듯했다. 문 옆에 있는 이름표를 확인해 보니 보미는 오른쪽 창가 앞자리에 있었다. 유수는 다시 병실을 봤다. 보미의 자리는 커튼으로 둥글게 가려져 있었다. 많이 안 좋다던 소혜의 말이 번득 떠올랐다. 도대체 어디가 얼마나 안 좋은 건지, 유수는 궁금하고 또 두려웠다. 걸음을 뗄 수가 없었다. 하지만 여기까지 와서 돌아갈 수는 없었다. 어깨를 두어 번 들었다 내리며 숨을 크게 쉬고는 흠흠 헛기침을 하고, 병실로 들어섰다. 그리고 조심 스럽게 커튼을 젖혔다.

보미는 이불을 가슴까지 덮은 채 눈을 감고 있었다. 조금은 여 윈 얼굴에 상처가 많았다. 그래도 생각보다는 훨씬 편안해 보였 다. 보미라서 그런 것 같았다. 유수는 동그란 의자를 끌어다 침대 옆에 앉았다. 보미의 숨소리가 새근새근 들렸다. 유수의 눈에 핑 그르르 눈물이 고였다. 반갑고 고마웠다.

"박보미……."

유수는 최대한 목소리를 낮춰 보미를 불렀다. 잠자는 아이를 깨우기에는 터무니없이 작은 목소리였다. 그런데도 보미는 슬며 시 눈을 떴다. 유수는 얼른 눈물을 닦아 내고 보미와 눈을 맞췄다. 보미의 눈이 동전처럼 큼지막해졌다.

"강유수, 너 어디 갔었냐!"

보미의 목소리가 쩌렁쩌렁 울렸다. 반가움과 기다림이 뒤섞인
목소리였다.

대답 대신 유수는 피식 웃었다. 보미도 유수를 따라 웃었다. 그
러고는 한쪽 팔을 쭉 내밀었다. 다른 팔은 깁스로 고정을 한 채
였다. 유수는 보미의 한쪽 팔을 한참 동안 잡고 있었다.

"혼자 있어?"

유수가 물었다.

"엄마가 왔다 갔다 해."

"혼자 있어도 돼?"

유수는 찬찬히 보미의 침대를 훑어보았다. 오른쪽 다리가 깁
스로 고정되어 있었고, 침대 아래쪽으로는 소변 줄도 보였다.

"혼자 있는 게 나아."

병원에 있으면서도 보미는 씩씩했다. 마음이 놓이면서도 아팠
다.

"서연이……."

보미가 먼저 입을 열었다.

"가는 거 봤어?"

유수는 말없이 고개를 끄덕였다.

"내 옆에 있었는데……."

보미가 또 말을 했다. 유수의 심장은 제어 장치가 망가진 기계처럼 제멋대로 뛰기 시작했다. 서연이를 떠올리면 늘 그랬다. 그런데 보미는 괜찮은 모양이었다. 아니, 괜찮은 척하려는 건지도 몰랐다.

"뒤에서 애들이 엄청 밀어 댔는데도 꿋꿋이 버티고 있었어."

보미는 그날을 이야기하려는 모양이었다. 유수는 가만히 보미의 말을 들었다.

"너 나가고 얼마 안 있었는데, 갑자기 조명이 툭 꺼지더라. 벌써 시작하는 줄 알고, 사람들이 '안 돼요!'를 외쳤어. 아직 입장이 덜 끝난 상황이었거든. 그런데 사방에서 스태프 옷을 입은 사람들이 마구 튀어나오더니 빨리 나가라는 거야. 나랑 서연이랑 서 있는 앞쪽으로도 누군가가 나와서는 펜스를 치우려고 했어. 그때 우리가 어쨌는지 아니?"

담담히 말을 잇던 보미가 유수를 보았다. 유수는 눈이 벌게져 있었다.

"안 된다고 그랬다. 펜스를 잡고 공연을 봐야 했으니까 뺏어 가지 말라고. 웃기지?"

그 모습이 선명하게 그려져서 가슴이 시렸다. 펜스를 잡고 좋아라 폴짝거리던 우리였다.

"그만할까?"

보미가 물었다. 유수의 표정이 마음에 걸리는 모양이었다. 유수는 얼른 고개를 저었다. 듣고 싶었다. 보미가 하려는 이야기라면 더더욱.

"펜스를 막 뺏기는 순간이었어. 갑자기 천장에서 시멘트 가루 같은 게 우수수 떨어지더라. 비 오듯 말이야. 그리고……."

보미는 잠깐 말을 멈추었다. 그리고 침을 꿀꺽 삼켰다. 담담해 보이는 보미도 힘든 거였다. 그래도 말을 하려고 했다.

"스피커가 찢어지는 것 같은 소리가 울리면서……."

유수는 몸을 옴찔 옹크렸다. 그날 들었던, 귀를 찢을 듯한 소리가 다시 들리는 듯했다.

"너도 들었니?"

"그리고, 바람이 불었어."

"맞아. 엄청난 바람이었어. 소용돌이처럼 공연장 안쪽에서 불어닥쳤어. 주위에 있던 것들이 쿵쿵 쓰러지기 시작했고, 사람들이 아우성치면서 공연장을 빠져나가려 난리였어. 그런데 그 시간이 길지 않았어. 눈 깜짝할 만큼은 아니어도 정말 짧은 순간이었을 거야."

보미의 기억은 맞을 것이다. 유수의 기억에도 바람이 불고, 사람들과 함께 건물 밖으로 튕겨 나간 건 그리 긴 시간이 아니었다. 1분이나 될까 싶었다.

"나는 서연이랑 손을 꼭 잡았어. 서연이 계집애, 겁 엄청 많잖아. 고새 눈물을 질질 흘리면서 너 어떻게 하냐고, 너 걱정하더라."

가슴이 또 쿵! 짐짝으로 맞은 것처럼 아팠다. 보미가 유수를 보고 싱긋 웃었다. 보미의 얼굴도 벌겠다.

"놓치지 않으려고 했는데 바람이 너무 셌고, 사람이 너무 많았어. 바람이랑 사람에 밀려서 우리는 손을 놓쳤어. 그리고 나는 왼쪽 벽으로 날아갔는데……. 정말 날아갔다. 바람의 힘이 엄청나더라고, 나 같은 돼지를 막 날려 보내고 말이야."

보미의 말소리가 점점 느려졌다. 그날, 그곳의 이야기는 보미에게도 쉽지 않을 거였다. 유수는 가만히 보미의 손을 잡았다. 보미가 말을 이었다.

"거기, 우리 앞쪽에 있었던 커다란 스피커 기억나? 우리 키보다 더 컸던 거."

유수는 커다란 스피커를 머릿속에 떠올렸다. 하필 스피커 앞이라 소리가 엄청 크게 들리겠다며 걱정했던 기억도 났다.

"그 스피커 아래로 날 날려 버리더라고."

"바람이?"

보미는 고개를 끄덕이고 다시 말했다.

"그리고 거의 동시에 뭔가 폭발하는 듯한 소리? 너는 알지?"

"당연히 알지. 나도 그 소리 들으면서 바깥으로 붕 날아갔어."

"너도 날았구나."

가볍게 대꾸한 보미는 이내 무표정한 얼굴로 말했다.

"서연이도 날았으면 좋았을걸. 계집애."

서연이는 형체도 알아볼 수 없을 만큼 짓눌려 있었다고 했다. 그런데 바지 주머니에서 나온 제이의 열쇠고리. 거기에 적힌 이름, 그것 덕분에 서연이라는 걸 알게 됐다고. 유수랑 보미는 잠깐 서연이를 추억했다. 침묵을 깨고 보미가 입을 열었다.

"폭발 소리가 들리면서 뭔가 아주 어마어마한 것이 스피커 위로 쏟아져 내렸어. 스피커도 우지끈 소리를 내며 부서진 것 같은데, 워낙 커다란 스피커라 그런지 산산이 쪼개지지는 않더라. 얼마나 쫄았던지. 나는 스피커를 덥석 끌어안았어. 그것만이 나를 살려 줄 것 같았거든. 그리고 엄청난 가루가 날렸어. 숨쉬기도 힘들고 눈도 뜨기 어려웠어. 정말 딱 죽을 것 같은데 내가 깔고 앉은 바닥이 말이야. 아래로 또 푹 꺼지더라. 희한하지?"

"땅 위에 있던 건물이 몽땅 지하로 주저앉았어."

"그래. 지하로! 나는 스피커를 꼭 끌어안았어. 놓치면 안 될 것 같아서. 그런데 스피커도 나를 보호하고 싶었나 봐. 나를 콱 눌러 버리지도 않고, 그냥 적당히 공간을 만들어 놓은 채 그대로 아래로 뚝 떨어졌어. 등 뒤로는 벽이었고."

덕분에 보미는 살아난 듯했다. 보미를 다시 만날 수 있어서 유수는 기뻤다.

"거기서 내가 꼬박 하루하고도 반나절을 버텼어."

"어떻게?"

"나도 그게 참 신기해. 깜깜해서 아무것도 보이지 않고, 이상한 가스 냄새도 막 나고, 펄펄 날리는 가루 때문에 숨쉬기도 힘들었는데 죽을힘을 다해서 참았어. 그리고 계속 기도했지. '살려 주세요, 살려 주세요.' 하고."

보미는 여전히 별스럽지 않다는 듯 말했다.

"처음에는 조용했는데 시간이 좀 지나니까 여기저기서 기침을 콜록콜록하고 어떤 사람은 막 침을 뱉고, 꺅꺅 소리 지르고, 아프다, 살려 달라 진짜 난리더라."

유수는 응급실 상황이 떠올랐다.

"그런데 아무리 난리를 쳐도 달라지는 게 없었어. 여전히 깜깜했고, 여전히 먼지가 자욱했고, 숨쉬기는 계속 불편했지. 어떻게 된 일인지 알아봐야겠다 싶어서 움직이려고 했는데 보다시피 팔이랑 다리가 말을 듣지 않더라고."

보미는 깁스한 팔을 슬쩍 들었다 내리고는 또 말을 이었다.

"여기저기서 이름을 부르는 소리가 들려왔어. 나도 서연이랑 네 이름을 불렀지. 그런데 너도 서연이도 답하지 않았어."

유수는 가만히 고개를 숙였다. 형체도 알아볼 수 없을 만큼 엉망이 된 시신. 서연이는 말 한마디 토해 내지 못하고 가 버렸을 거였다. 잠깐 말을 멈추었던 보미가 입을 열었다.

"옆에서 누군가 나를 톡톡 건드리더라. 누군지 알 수도 없는데다 무서워서 가만히 있는데, 살아 있느냐고 물었어. 제법 근사한 남자 목소리였지.”

“계집애, 그 상황에서도 남자 목소리가 근사하게 들리던?”

유수가 보미를 보며 피식 웃었다. 정말로 웃었다. 그날을 함께 겪은 친구 앞이라서 웃음이 나왔다. 비록 피식 웃음이었지만. 안 선생님이 보미를 만나 함께 구덩이를 뛰어넘으라던 말을 알 것 같았다.

“거기에서 얼마나 있어야 할지 모르니까, 정신 줄 잡고 있게 얘기를 하자고 하더라.”

“무슨 얘기?”

“신상 조사부터 시작했지. 몇 살이냐, 여기는 왜 왔냐……. 그러다가 여기서 나가면 뭐 하고 싶냐, 뭐 그런 얘기했어. 먹고 싶은 것 얘기도 하고, 가고 싶은 곳 얘기도 하고. 그 사람 여행 다니는 걸 굉장히 좋아하더라고.”

“너는 춤추는 거 좋아하잖아.”

유수의 말에 보미는 가만히 고개를 끄덕였다. 눈길은 석고 붕치로 돌돌 말아 놓은 팔과 다리로 향했다. 사고 당일, 병실에서 보았던 보조개 소녀가 떠올랐다. 그 소녀만큼이나 춤추는 걸 좋아하는 보미도 팔과 다리를 다쳤다. 과연 춤을 출 수 있을까. 괜한 소리를 한 것 같아 유수는 미안했다.

“나는 거의 듣기만 했어. 그러고 있으니까 아픈 것도 잘 모르겠고, 무서운 것도 좀 가시더라고.”

보미는 아무렇지 않은 듯 다시 말을 이어 갔다.

"고마운 사람이네……."

유수가 흐릿하게 말을 맺었다.

"한참을 그러고 있는데 비가 오더라. 똑똑똑똑."

굵은 물줄기를 뿜어내던 소방 호스가 떠올랐다. 보미는 아마도 그 물줄기를 비라고 생각하는 듯했다.

"남자가 하라는 대로 손을 오므려서 물을 받아 먹었어. 그렇게 있는데 쿵쿵 소리가 들리더라. 사람들이 흥분해서는 살려 달라고 고함을 쳤어. 그리고 어디에선가 기다리라는 말이 울렸어. 정말 기적 같았어."

보미는 잘 자고 일어난 아이처럼 싱긋벙긋거리며 유수를 보았다. 그리고 힘 있는 목소리로 말했다.

"살아났다는 게 참 감사했어."

병원 침대에 누워서도 씩씩해 보이는 이유를 알 것 같았다. 유수는 보미의 손을 꼭 잡았다.

"힘들게 다시 태어났으니까 진짜 멋지게 살아야 하는데 이게 뭐냐!"

보미가 세 배쯤 커진 팔다리를 힘겹게 들어 올렸다. 그래도 표정은 무겁지 않았다. 유수는 부드럽게 말했다.

"곧 나을 거야."

순간 커튼이 홱 젖히며 억센 목소리가 끼어들었다.

"누가 그러던?"

유수는 반사적으로 자리에서 발딱 일어났다. 보미가 억센 목소리의 여자를 엄마라 불렀다. 그렇게 친했지만 보미의 엄마를 만난 건 처음이었다. 유수는 스르르 고개를 숙여 인사를 했다.

"우리 딸년이 금방 나을 거라고 누가 그래? 응?"

보미 엄마가 드세게 소리쳤다. 무엇인가에 잔뜩 화가 난 모양이었다. 유수는 그 무엇인가가 어쩌면 멀쩡하게 살아 돌아온 자신일지 모른다는 생각이 들었다.

"창피하게 왜 또 소리를 지르고 난리야?"

보미도 빽 고함을 질렀다.

"지금 이게 몇 번을 수술한 건데! 수술을 해도 해도 끝없이 계속할 것 같은데. 개뿔! 알지도 못하는 년이 뭐가 어쩌고 어째?"

보미 엄마의 목소리는 쇠붙이를 긁는 것처럼 날카로웠다.

유수는 얼른 고개를 숙여 사과했다. 보미는 빨리 가라며 유수를 밀었다.

"전화해, 계집애야. 내 번호 남겨 놨어."

보미가 홰홰 팔을 내저으며 유수에게 말했다.

"팔자 좋은 년! 그런 소리 하려거든 내 딸 앞에 나타나지도 마!"

그 말은 쇠뭉치처럼 단단하게 유수의 가슴을 때렸다. 유수는 도망치듯 병실을 빠져나왔다.

12

집으로 돌아와 유수는 다시 고치가 되었다. 엄마는 답답한지 방에 들어올 때마다 한숨을 내뱉었다. 왜 그러느냐고 몇 번을 물었다. 하지만 유수는 입을 굳게 다물었다.

안 선생님의 처방은 틀렸다. 친구와 함께 구덩이를 넘으려다가 구덩이에 빠져 버렸다. 집 밖에 나가 누군가와 부딪힐 때에도 산산이 깨지고 상처받는 건 유수였다. 셋이 공연을 보러 갔는데, 서연이는 흔적도 없이 다른 세상으로 떠나 버렸고, 보미는 몇 차례의 수술을 받고도 어찌 될지 모르는 막막한 상황에 놓였다. 그런데 유수는 일주일 남짓 치료를 받고 집에 머물며 학교에 갈 채비를 하고 있었다.

'그때 같이 화장실에 가자고 했더라면…….'

유수도 화장실에 가고 싶지 않았더라면, 그래서 서연이와 함께 훌훌 떠나 버렸더라면 훨씬 나았을 것 같았다. 멀쩡하게 살아남았다는 사실이, 아무렇지 않게 학교에 갈 준비를 한다는 사실이 유수는 지독하리만큼 아리고 힘겨웠다.

'살려 달라고 한 적도 없는데, 왜 하필 나를 살리셨어요?'

보이지 않는 누군가에게 원망을 퍼부었다. 그래도 속은 풀리지 않았다.

보미의 싱글거리던 얼굴이 떠오를 때마다, 아니 보미 엄마의 분에 찬 목소리가 귓가에 울릴 때마다 유수는 죽고 싶었다. 앞으로 뭘 해야 하냐는 보미의 말이 허투루 들리지 않았다. 숨을 쉴 때마다 보미와 보미 엄마의 목소리가 환청처럼 울리며 유수를 괴롭혔다.

"등교는 한 주 더 미뤘어."

엄마가 냉랭한 목소리로 말했다. 이제 엄마도 지친 것 같았다.

'지칠 만도 하지. 차라리 지쳐서 나를 놓아주었으면.'

유수는 멍한 얼굴로 빈 책상을 보았다. 엄마가 유수 옆에 다가와 섰다.

"여행 가자."

엄마는 아직 포기하지 않았다.

"싫어……."

"그럼 병원에 가자."

유수는 물끄러미 엄마를 올려다보았다. 무슨 병원을 말하나 싶었다.

"병원에 가자고!"

"무슨 병원?"

"치료실!"

"싫어!"

유수는 대차게 거절했다. 심리 치료실은 더 이상 가지 않을 거였다.

"보미랑 무슨 일 있었니?"

엄마가 유수 앞에 무릎을 꿇었다. 유수는 다시 입을 다물었다.

"얘기하기 싫음 말아. 엄마가 가서 물어보면 되지."

엄마가 차갑게 말하며 몸을 일으켰다. 보미를 만나러 갈 모양이었다. 그러면 성난 사자 같은 보미 엄마와 맞닥뜨릴 거였다.

"안 돼!"

유수가 말려도 엄마는 듣지 않았다. 더는 정신을 놓은 듯한 유수의 얼굴을 봐 줄 수 없는 듯했다. 엄마가 딱딱하게 굳은 얼굴로 자동차 열쇠를 집어 들고 현관으로 걸어갔다.

"안 돼. 보미한테 가지 마."

유수는 엄마를 붙들었다.

"비켜."

엄마가 짧게 명령했다. 유수는 엄마의 팔을 더 세게 잡았다.

"제발, 엄마……."

"싫어. 엄마도 엄마가 하고 싶은 대로 할 거야."

엄마가 두 눈을 부릅떴다. 그래도 유수는 물러서지 않고 고개를 절레절레 저었다.

"소혜도 못 오게 하고, 심리 치료실도 안 가겠다 하고, 보미한테는 더더욱 질색을 하고! 어쩌라고, 엄마는?"

엄마가 울먹였다. 지금껏 단단하게 버틴 엄마가 무너지기 시작했다.

"미안해……."

유수는 고개를 푹 숙였다. 엄마를 똑바로 쳐다볼 용기가 없었다. 엄마도 유수에게서 홱 등을 돌렸다.

"네가 자꾸 이러면 엄마는 어떻게 살아? 왜 엄마 생각은 안 하고, 네 생각만 해? 너를 지켜보는 엄마는, 엄마는 쉬운 줄 아니?"

엄마의 목소리가 파르르 떨렸다. 유수는 가만히 엄마의 뒷모습을 보았다. 축 처진 어깨, 괴로운 듯 숙여 버린 고개. 유수 때문에 오랫동안 해 오던 일까지 그만둔 엄마였다.

"미안, 미안해, 엄마."

할 말이 없었다. 유수는 가만히 몸을 돌려 방으로 들어왔다.

멍한 눈으로 서연이 사진을 올려다보던 서연이 엄마가 떠올랐다. 물 한 모금 마시지 않고, 서연이만 들여다보고 있다던 서연이 엄마. 만약 유수가 떠나 버렸다면, 엄마도 그랬을 것이다. 그건 엄마한테 참 못 할 짓이었다. 그러니까 엄마를 생각하면 멀쩡하게 살아와 숨을 쉬고 돌아다니는 게 다행한 일이었다.

"그렇지만 엄마, 나 밖에 못 나가겠어. 사람들이 나를 흉볼 것 같아. 친구들 버려 놓고 혼자만 멀쩡하게 살아왔다고……."

유수는 책상에 풀썩 엎드렸다. 아무것도 생각하고 싶지 않았다. 땅속으로 훅 꺼져 버렸으면 싶었다. 아니면 하늘로 날아가 버리던가. 생각을 하면 그날이 떠올라 또 무서웠다. 걸핏하면 무서워지는 것도, 주르륵 눈물이 흐르는 것도, 한숨이 나는 것도 몽땅 싫었다. 세상에 좋은 거라고는 하나도 없었다. 사고와 함께 유수가 좋아하는 것들은 연기가 되어 사라졌다. 문득 써버가 생각났다. 써버는 어디로 갔을까. 하지만 알아볼 엄두는 나지 않았다. 유수는 천하에 둘도 없는 겁쟁이가 되어 버렸다.

고치가 되려 침대로 들어가는데 '딩동' 문자 알림이 떴다. 확인을 하지 않으면 계속 딩동거릴 거였다. 유수는 책상에 올려 둔 휴대폰을 집어 들었다.

– 세상에 혼자 버려졌다.

문자 메시지의 첫 문장이 떴다. 그냥 꺼 버리려 했는데 그러면 안 될 것 같았다. 유수는 메시지 함을 열었다.

– 세상에 혼자 버려졌다. 내 편은 모두 사라졌다. 나는 어떻게 살아갈 수 있을까. 나는 다시 살아갈 수 있을까.

유수는 발신자를 확인했다. 낯선 번호였다. 보미가 새로 알려 준 번호도 분명 아니었다.

유수는 문자를 다시 한 번 읽었다. 누굴까 궁금해졌다.

– 누구?

짧게 답을 보내고, 유수는 침대에 똑바로 앉아 휴대폰을 보았다. 전화는 잠잠했다.

답이 오고도 남을 만큼 시간이 흘렀지만, 휴대폰은 유수의 답 문자를 집어삼킨 듯 반응이 없었다.

'도대체 누구야?'

장난인가 싶었다. 유수는 문자를 소리 내어 찬찬히 읽었다. 거기에 유수의 마음이 그대로 담겨 있었다. 그러니까 이건 누군가가 장난으로 보낸 게 절대 아니었다. 장난으로 이런 문자를 보낼 수는 없었다.

'서연아, 너니?'

말도 안 되는 상상에 고개를 절레절레 저었다.

서연이는 죽었다. 이 세상에 없다. 그러니까 어떻게 살아갈까, 라는 질문도 할 수 없다.

'정말로 보미인가?'

유수는 보미가 알려 준 새로운 전화번호를 다시 확인했다. 방금 들어온 문자 메시지의 번호와는 완전히 달랐다. 그래도 서연이보다는 보미 쪽에 가능성이 있었다. 병실에 있는 다른 환자의 휴대폰을 이용했을 수도 있었다.

무슨 일이 생겼나 싶어 마음이 덜컥했다. 유수는 문자 메시지에 뜬 연락처를 길게 눌렀다. 통화 연결음이 울렸다. 하지만 상대방은 전화를 받지 않았다. 전화를 끊고, 보미가 알려 준 번호를 빤히 내려다보았다. 보미는 엄마의 전화번호라고 했다. 유수는 다시금 보미 엄마의 괄괄한 목소리가 떠올랐다.

"팔자 좋은 년!"

보미 엄마가 유수에게 던진 말이었다. 유수는 그 말이 사무치게 매서웠다.

휴대폰을 들고 유수는 방을 나왔다. 지금 도와줄 사람은 엄마밖에 없었다.

"엄마……."

욕조에 거품을 잔뜩 풀고, 이불을 힘차게 밟아 대던 엄마가 고개를 번쩍 들었다. 놀란 표정이 역력했다.

"나 전화 좀 걸어 줘."

유수가 기어들어 가는 목소리로 말했다. 엄마는 황급히 욕조를 나와, 샤워기로 발에 묻은 거품을 걷어 냈다.

"누구한테? 뭐라고 해?"

엄마의 목소리가 새처럼 날았다. 유수가 제 방에서 나와 도움을 청했다는 사실이 반가운 모양이었다.

유수는 엄마에게 휴대폰을 내밀었다. 그리고 만약 보미 엄마가 받으면 그냥 끊어 달라고 했다. 엄마는 뭐라고 말을 하려다 말고 그냥 휴대폰을 받아 들었다. 그리고 유수가 해 달라는 대로 해 주었다.

"너 왜 이제 전화해?"

한없이 축 늘어진 목소리였다.

"너 목소리 왜 이래? 어디 아파?"

"잤어. 또 수술 들어간다고 먹을 것도 안 주고, 자꾸 잠만 재워."

"아……."

문자는 보미가 보낸 게 아니었다.

"나 말이지, 그 사람 만났다."

보미가 속삭이듯 작은 소리로 말했다.

"그 사람이라니?"

"왜, 내가 말했잖아. 스피커 옆에서……."

"아, 그 남자?"

"부상자 명단에서 내 이름 찾아서 여기까지 왔어!"

"와!"

유수는 보미가 자기 엄마한테 꾸지람은 듣지 않았는지 걱정스러웠다. 하지만 묻기는 두려웠다.

"또 온다고 했는데 너도 시간 맞춰서 올래?"

곧 수술이라면서 보미의 목소리는 리듬을 타듯 가벼웠다. 그 남자 때문인 듯했다.

유수는 가겠다는 말을 꺼내지 못했다. 어쩌면 보미 엄마와 다시 마주칠지 몰랐다.

"싫음 말고!"

보미가 샐쭉하게 말했다. 유수는 친구의 들뜬 기분을 깨고 싶지 않았다.

"갈게!"

"그래, 그럼 토요일에 소혜랑 와. 알았지?"

보미는 발랄하게 전화를 끊었다. 수술을 앞두고도 여전히 긍정적일 수 있는 아이. 유수는 보미가 있어서 참 좋았다.

"왜? 무슨 일 있대?"

엄마가 눈을 반짝이며 유수를 보았다. 문자 메시지의 주인은 찾지 못했지만 나쁘지 않았다. 보미 엄마만 아니라면 유수는 날마다 보미를 만나 이야기하고 싶었다. 그러면 유수의 마음에 도사리고 있는 상처도 아물 수 있을 거였다.

13

유수는 숨을 고르며 안 선생님을 기다렸다. 엄마는 긴장한 유수 옆에 바짝 붙어 앉았다. 숨결이 느껴질 정도였다. 유수는 손가락 끝을 만지작거리다가 한쪽 다리를 살짝 떨었다.

"금방 오실 거야."

엄마가 유수의 허벅지에 손을 얹었다.

"약속한 날이 아니라서 그래."

유수는 고개를 끄덕였다. 그래도 초조한 듯 손끝만 내려다보았다. 마침내 치료실 문이 열리고 안 선생님이 성큼 들어섰다.

"유수가 먼저 나를 찾아 주고 기분 좋은데!"

안 선생님은 함박웃음을 지으며 자리에 앉았다. 유수는 민망한 얼굴로 휴대폰을 내밀었다. 여기 온 건 문자 메시지를 보낸 사람이 선생님일지 모른다는 생각 때문이었다.

"내가 보낸 거 아닌데……."

문자 메시지를 보며, 안 선생님은 고개를 갸웃 저었다. 유수의 표정이 다시 굳었다.

"이게 궁금해서 온 거구나?"

안 선생님은 생글생글 웃으며 문자 메시지를 읽었다.

"심리적으로 크게 불안한 친구 같은데……."

그 정도는 유수도 알 수 있었다. 유수의 마음과 얼추 비슷했으니까.

"친구를 잃은 것 같다. 너희 때는 친구가 세상의 전부니까."

안 선생님은 휴대폰을 뚫어져라 응시했다. 그렇게 하면 누가
보냈는지 보이기라도 하는 것처럼. 유수는 '세상의 전부'란 말에
가슴이 덜컥거렸다. 세상의 전부인 친구가 지금 유수 곁에는 없
었다. 또다시 죄책감이 밀려들어 얼른 고개를 숙였다. 안 선생님
에게 속마음을 들키기 싫었다.

"이 친구에게 답장은 했어?"

안 선생님이 고개를 들었다.

"누군지 몰라서……."

"그래도 해 주지. 이런 친구에게는 누군가의 따뜻한 말 한마디
가 큰 힘이 돼."

과연 그럴까 싶었다. 그날, 거기에 가기 전이라면 따뜻한 말 한
마디로도 큰 힘을 얻었을 거였다. 하지만 지금은 아니었다. 지금
유수는 누가 무슨 말을 해 주어도 위로받지 못했다. 그러니 문자
메시지를 보낸 친구도 그럴 거였다. 맥이 탁 풀렸다.

답장을 보내라며, 안 선생님은 유수에게 휴대폰을 돌려줬다.
휴대폰을 받아 쥐고 유수는 가만히 있었다. 가슴을 찔러 대는 날
카로운 말 말고, 따뜻하게 위로가 되는 말. 그게 뭔지 유수도 알
수 없었다.

"해 줄 말이 떠오르지 않아?"

안 선생님이 물었다. 유수는 고개를 끄덕였다.

"그럼 네가 듣고 싶은 말을 보내."

그 말을 던지고, 안 선생님은 자리에서 일어났다. 그리고 엄마와 함께 방에서 나갔다. 유수에게 혼자만의 시간을 주려는 듯했다.

'내가 듣고 싶은 말이 뭐지?'

텅 빈 방에 째깍째깍 시계 소리가 울렸다. 유수의 머릿속은 초침 소리로 꽉 찼다. 아무리 용을 써도 떠오르는 말은 없었다. 아니, 설령 떠오른다고 해도 낯선 이에게 말할 용기가 나지 않았다. 유수는 휴대폰을 뒤집어 책상에 올려놓았다.

잠시 뒤 방문이 열리더니 안 선생님이 얼굴을 내밀었다.

"보냈어?"

유수는 가만히 있었다.

"무슨 말이 듣고 싶은지 모르겠어?"

안 선생님이 물었다. 유수는 까딱 고갯짓을 했다.

"그럼 유수가 지금 듣고 싶은 말이 뭔지 찾아보자!"

안 선생님은 유수를 낯선 치료실로 안내했다.

한쪽 벽 전체가 거울로 된 치료실은 3주가 넘게 상담을 받았지만 처음 들어와 본 곳이었다. 창문 없이 사방이 막힌 어두컴컴한 실내에는 핀 조명만 켜 있었다. 안 선생님은 핀 조명이 비치는 거울 앞 안락의자로 다가갔다. 거기에는 엄마가 앉아 있었다. 마치 한 편의 연극이 펼쳐질 것 같았다. 유수는 문 앞에 선 채 두 사람을 바라보았다.

"엄마, 저 써버 콘서트 보고 올게요!"

안 선생님이 눈짓을 하자 엄마가 자리에서 일어나 밝게 인사했다. 엄마의 손에는 자그마한 봉이 들려 있었다. 써버 봉이 떠올라 가슴이 움찔했다. 엄마는 작은 봉을 흔들며 무대 앞을 한 바퀴 돌아 다시 안 선생님에게 갔다. 그러는 사이 연구사 언니가 안락의자를 밖으로 빼냈다. 그리고 안 선생님은 엄마를 친구처럼 맞으며 말했다.

"우리가 손꼽아 기다리던 그날이야!"

"공연 보면서 스트레스 확 날려 버리자!"

두 사람은 콘서트장에 간 아이들처럼 두 손을 모으고 방방 뛰었다. 한동안 잊고 있던 써버의 노래가 흘러나왔다. 유수의 심장이 빠르게 뛰었다. 순간 무시무시한 바람 소리와 함께 폭발음이 귓가에 울렸다. 유수가 빽 소리를 지르며 자리에 주저앉았다. 그래도 엄마와 안 선생님은 연기를 멈추지 않았다.

"서연아!"

엄마가 안 선생님을 서연이라고 불렀다. 안 선생님이 서연이 역할을 맡은 모양이었다. 안 선생님은 두 눈을 감은 채 바닥에 누워 있었다.

"서연아, 네가 이렇게 가 버리면 나는 어떻게 해? 나는 어떻게 살아?"

핀 조명이 오롯이 엄마를 비췄다. 엄마의 눈에 물기가 반짝였다. 유수는 두 손으로 가슴을 부여잡은 채 무대를 지켜보았다. 그새 무대에서 퇴장한 안 선생님이 유수에게 다가와 속삭이듯 말했다.

"네가 엄마가 되어 줘. 무대 위의 유수를 위로해 줘."

엄마는 무대 위에서 가만히 유수를 바라보았다. 유수가 뭔가 해 주기를 기다리는 눈치였다. 하지만 유수는 얼이 빠진 듯 제자리에 서 있었다. 누구도 위로해 줄 수 없었다.

"내 옆에는 아무도 없어. 난 살아갈 이유가 없어."

엄마가 읊조렸다. 유수는 숨을 죽인 채 엄마를 보았다. 그때 안 선생님의 목소리가 스피커를 타고 흘러나왔다.

"유수 옆에는 아무도 없구나!"

유수는 깜짝 놀라 주위를 살폈다. 안 선생님은 보이지 않았다. 무대에 선 엄마도 사방을 두리번거렸다. 그때 무대 위쪽 암막 커튼 위로 핀 조명이 들어왔다. 마치 그곳에서 안 선생님의 목소리가 울리는 듯했다.

"나에게 오렴. 살아갈 이유가 없으니 너를 괴롭히는 기억은 몽땅 그곳에 놓고 하늘나라로 올라와."

엄마는 암막을 비추는 강렬한 조명을 하염없이 올려다보고 있었다. 안 선생님의 주문에 홀린 듯 조명 속으로 빨려 들어갈 것 같았다. 유수는 바짝 긴장한 채 엄마를 보았다.

"어차피 네 옆에는 아무도 없어. 그러니 나에게 와."

안 선생님의 목소리가 다시 퍼졌다. 엄마는 슬그머니 고개를 돌려 유수를 보았다. 그냥 가 버릴까 묻는 듯한 눈빛이었다. 어쩌면 요즘 유수에게서 자주 보이는 눈빛인지도 몰랐다. 서연이를 따라 하늘나라로 올라가면, 마음이 편안해질 것 같다는 생각을 종종 했었다. 하지만 덩그러니 남을 엄마가 마음에 걸렸다. 안 선생님이 무대 뒤에서 나타나 말했다.

"지금 무대 위의 유수는 벼랑 끝에서 힘겹게 버티고 있어. 누군가 유수의 손을 잡아 준다면, 다시 세상을 향해 걸음을 옮길 테지. 과연 누가 유수에게 손을 내밀어 줄까?"

"……엄마요."

유수는 맥없이 대꾸하고는 무대로 뛰어올랐다. 그리고 엄마를 꼭 끌어안았다.

"나한테는 엄마가 있어. 항상 나만 보고 있는 엄마, 그렇지?"

엄마가 고개를 끄덕이며 유수를 품에 안았다. 엄마 품은 어렸을 때 느꼈던 것처럼 포근하고 넉넉했다.

14

유수는 한결 가뿐해진 마음으로 심리 치료실을 나섰다. 엄마
도 마찬가지였다.

"사고 현장은 많이 달라졌을까?"

창밖을 바라보며 유수가 나직이 말했다. 엄마는 말없이 유수
를 보다가 가 보겠느냐고 물었다. 유수는 한참을 머뭇거리다가
고개를 끄덕였다. 엄마가 곁에 있으니 두려울 게 없었다.

자동차는 유유히 도로를 달렸다. 아무 일도 없는 듯이 햇살은
쏟아져 내렸고, 가로수는 계절에 맞게 반짝반짝 빛났다. 사람들
의 옷차림은 발걸음만큼이나 가벼웠다. 세상은 온통 반짝이는
듯 보였다. 그날 일은 유수의 가슴에만 남아 있는 것 같았다. 서
러우면서도 다행스러웠다.

서진역 사거리가 가까워 오자 가슴이 또 고장을 일으켰다. 사
고가 나고 20여 일. 상처가 아물기에는 일렀다. 의자에 기대어
있는데 차가 속도를 늦췄다. 무슨 일인가 싶어 유수는 허리를 세
웠다. 인도 바로 옆의 차선 하나를 경찰 버스가 꽉 채우고 있었
다. 굵은 물줄기를 콸콸 쏟아 내던 소방차는 보이지 않았다. 이제
물줄기로 가라앉힐 먼지가 사라진 거였다. 울퉁불퉁한 시멘트
덩어리와 포클레인도 보이지 않았다. 대신 그리 크지 않은 덤프
트럭과 바삐 움직이는 군인 아저씨들이 보였다. 현장이 어느 정

도 수습된 모양이었다. 그런데 경찰 버스가 너무 많았다. 어림잡아 열 대는 될 듯했다.

"무슨 일 있나……?"

엄마가 고개를 갸웃하며 사고 현장 뒤쪽으로 차를 몰았다. 피해자 가족들이 머무는 천막 쪽에서 누군가 외치는 목소리가 들렸다.

"살인마 한서진 회장에게 법정 최고형을!"

"법정 최고형을!"

사람들의 성난 목소리가 한꺼번에 터졌다. 유수는 저도 모르게 몸을 움찔댔다. 엄마가 한 손으로 유수를 잡았다.

"연루 공무원, 일벌백계하라!"

고래고래 악을 쓰는 목소리가 쏟아져 나왔다.

버스를 따라 겹겹이 선 전투 경찰 머리 위로 피켓들이 들쭉날쭉 올라왔다.

"내 딸은 아직 돌아오지 않았습니다!"

어떤 아주머니의 한 맺힌 외침을 시작으로 사람들의 함성이 터져 나왔다. 그리고 전투 경찰들이 우르르 움직이며 대열을 맞추었다.

"우리는 테러분자가 아닙니다. 사고 피해자 가족입니다."

이번에는 남자의 목소리가 쩌렁쩌렁 울렸다. 서럽고 억울하고 화가 난 것 같았다. 화가 나서 견딜 수 없는 것 같았다.

유수는 양손으로 머리를 감싼 채 고개를 푹 숙였다. 더는 듣고 있기 힘들었다. 엄마는 한시라도 빨리 사고 현장에서 차를 빼려 했다. 하지만 차들이 엉켜 있는 탓에 쉽게 빠져나갈 수가 없었다.

"저희도 최대한 편의를 봐 드리고 있습니다. 더 이상의 단체 행동은 봐 드리지 않겠습니다."

경찰 쪽에서 반격에 나섰다.

보이지 않는 어딘가에서 함성과 울음이 섞여 터졌다. 사고가 난 그날처럼 유수는 머리가 아파 왔다.

"엄마, 저 사람들 왜 저러는 거야? 무슨 일이야?"

"글쎄……."

이런 일이 있을 거라고는 상상하지 못한 듯 엄마는 난처해했다. 얼른 이곳을 떠나야겠다는 생각만 가득한 표정이었다.

"멀쩡하던 우리 딸, 평생 호스 끼고 누워서 살아야 한다는데 누가 책임질 거냐!"

누군가의 독한 소리에 너 나 할 것 없이 악을 쓰기 시작했다. 귓가가 왕왕 울렸다. 저마다 할 말이 많은 모양이었다. 유수는 잔뜩 겁에 질려 엄마를 보았다.

"저기서 무슨 일이 일어나고 있는 거야?"

엄마는 입을 꾹 다문 채 운전에만 집중했다. 유수는 멀어지는 사고 현장을 보았다. 제법 거리가 떨어져 제대로 들려오는 소리는 없었다. 그렇지만 떼로 몰려 있는 전투 경찰의 뒷모습만으로도 위협적이었다.

'저긴 피해자 가족들이 있는 곳인데 저렇게 많은 전투 경찰이
왜 필요한 거지?'

유수가 생각에 골몰하는 사이 차는 복잡한 도로를 빠져나왔
다. 자동차에 슬슬 속도가 붙었다. 유수는 휴대폰을 만지작거렸
다. 인터넷을 열면, 지금 사고 현장에서 벌어지는 일을 알 수 있
을 거였다. 하지만 아직은 알고 싶지 않은, 혹은 보고 싶지 않은
수많은 장면까지 두 눈으로 확인하게 될 거였다. 유수는 두려웠
다. 아직 거기까지는 감당할 수 없었다.

"우리, 아빠 만나서 저녁 먹고 들어갈까?"

엄마가 가볍게 제안을 했다. 다른 쪽으로 관심을 돌리고 싶은
모양이었다. 유수는 고개를 끄덕였다. 아빠와 통화를 한 엄마는
아빠네 학교 쪽으로 방향을 잡았다. 퇴근 시간이 가까워져서인
지 차는 느릿느릿 거북이 등을 탔다. 유수는 잠깐 눈을 붙였다.

"유수야, 그만 내리자."

엄마가 가방을 챙겨 들며 차에서 내릴 채비를 했다. 유수도 잠
에서 깼다. 그런데 슬쩍 눈을 뜬 유수는 그대로 비명을 지르며
몸을 숙였다. 엄마가 화들짝 놀라 가방을 내려놓고 유수를 감싸
안았다. 주차를 도와주려고 다가온 아저씨가 눈을 휘둥그레 뜨
고 차 안을 들여다보았다.

"유수야, 왜 그래? 왜 이러는 거야?"

유수는 고개를 들지도 못한 채 잔뜩 몸을 오그렸다. 엄마는 허둥대며 창밖을 살폈다. 그러고는 다시 운전석에 앉아 차를 빼냈다. 주차를 도우려던 아저씨가 벙벙한 표정으로 떠나는 차를 바라보았다.

"여보, 집으로 와요."

엄마는 아빠와 짤막하게 통화를 하고 집으로 달렸다. 그러도록 유수는 고개를 들지 못했다.

"미안. 엄마가 생각이 짧았어."

엄마가 사과를 했다. 하지만 유수의 귀에는 아무 소리도 들리지 않았다. 방금 전에 본 건물의 잔상이 머릿속으로 기어들어 왔다. 3층쯤 되어 보이는 큰 건물은 딱 서진타운 같았다. 은빛으로 빛나는 대리석도 비슷했다. 무너져 내린 서진타운이 다시 눈앞에 나타난 것 같았다.

"뭐 먹을래? 엄마가 맛있는 거 해 줄게."

집으로 들어서며 엄마가 물었다. 유수는 아무 말도 못 했다. 오늘 하루가 너무나 길고 힘겨웠다. 유수는 안 선생님이 처방해 준 약을 먹고 침대에 누웠다. 엄마가 유수 옆에 앉아 양을 셌다.

"어떻게 갑자기 시골로 내려가, 그게 가능할 것 같아?"

아빠 목소리가 들려 눈을 떴다. 까무룩 잠이 든 거였다.

유수는 천장을 올려다보며 방문 너머에서 들려오는 소리에 귀를 기울였다.

"서진타운이랑 비슷하게 생긴 건물이 어디에 또 있을지 알 수 없잖아. 그 건물들 볼 때마다 유수, 오늘처럼……."

엄마는 말을 잇지 못했다.

"이겨 낼 수 있을 거야. 기다리자."

아빠가 엄마를 다독이는 것 같았다.

유수는 안 선생님의 치료실에서 봤던 엄마 얼굴을 떠올렸다. 핏기 없는 얼굴로 유수를 연기하던 엄마는 유수 그 자체였다. 기다렸다는 듯이 속삭이던 목소리는 아마도 죽음일 거였다. 차라리 죽어 버리면 좋겠다고 종종 생각했으니까. 하지만 엄마를 생각하면 그러면 안 되는 거였다.

유수는 침대에서 일어나 휴대폰을 집었다. 그리고 문자 메시지 함을 열었다. '누구?'라는 질문에 답은 없었지만 그래도 답을 주고 싶었다.

─세상에 혼자는 없어. 마지막이라 생각되는 그 순간에도 너를 걱정해 주는 한 사람, 진짜 네 편이 가까이에 있을 거야. 차근차근 주위를 살펴봐.

문자를 보내고, 유수는 침대에서 일어났다. 목소리를 낮춘 채 엄마와 아빠는 여전히 이야기를 나누고 있었다. 유수는 그 대화를 끊고 싶었다.

"나 배고파."

방문을 발칵 열고 유수는 방에서 나왔다. 엄마는 용수철처럼 자리에서 발딱 일어나 부엌으로 들어갔다. 엄마의 신경은 온통 유수에게로 뻗어 있는 듯했다. 그러지 않고서야 움직임이 그렇게 빠를 수 없었다. 아빠도 활짝 웃으며 유수를 반겼다. 언제든 내 편이 되어 줄 두 사람을 위해서라도 유수는 힘을 내고 싶었다.

15

때 이른 더위가 공기를 후끈 달궜다. 이상 고온이라는데 시린 가슴을 달래기에는 차라리 나았다. 갑작스러운 더위에 정신이 몽롱해진 느낌이랄까. 유수는 흰색 반팔 셔츠에 얇은 면바지를 입고, 엄마가 사 준 진분홍 크로스백을 어깨에 걸쳤다. 늘 메고 다니던 파란색 백팩은 그날, 그곳 현장에서 처참한 모습으로 발견되었다. 화장실에 가려고 자리를 뜨면서 서연이와 보미에게 맡겨 둔 가방이었다. 백팩에 든 학생증 때문에 유수는 사망자 명단에 오르기도 했었다.

"아이, 예쁘다."

유수가 방에서 나오자 엄마가 활짝 웃으며 다가왔다. 하지만 유수는 웃지 못했다. 엄마의 차가 아닌 대중교통을 이용해서 집 밖에 나간다는 게 두려웠다. 엄마의 보호를 받으며 엄마와 함께 움직이고 싶었다. 다시 어린아이가 된 것만 같았다. 하지만 이제는 연습이 필요하다고 했다. 혼자서도 씩씩하게 다니는 연습. 오늘은 그 연습을 소혜가 도와주겠다고 했다.

"잠깐 가서 보미만 만나고 와."

엄마가 유수를 다독였다. 유수는 입술에 힘을 주고 고개를 까딱했다. 때를 맞춘 듯 초인종이 울리고, 소혜가 동그란 얼굴을 반짝 내밀었다. 유수는 떨리는 마음으로 집을 나섰다. 아파트 화단에서 흙냄새가 훅 끼쳤다. 생명이 꿈틀거리는 냄새였다. 고개를 들어 화단의 꽃나무를 올려다보았다. 서연이가 떠올랐고, 그 때문에 가슴에 물기가 찼다. 아파트 단지를 나서고 버스를 기다리는 사이 소혜는 쉬지 않고 종알거렸다. 지난 몇 주일 동안 떨어져 지냈으니 할 말이 많기도 할 것이다. 하지만 정말 하고 싶은 말이 넘쳐서 떠드는 것 같지는 않았다. 뭔가 이야기를 해야 한다고 생각하는 것 같았다. 더운 날, 땀까지 뻘뻘 흘리며 애쓰는 소혜가 안쓰러웠다. 하지만 유수는 그만두라고 말하지 못했다. 소혜라도 떠들어 주지 않으면 불안하고 두려워서 도망칠 것 같았다.

다행히 병원까지 가는 길은 멀지 않았다. 병원에 들어서며 유수는 크게 심호흡을 했다.

"보미 엄마, 안 계시다고 했지?"

소혜가 고개를 끄덕이며 걱정 말라고 했다. 유수는 보미 엄마와 마주치고 싶지 않았다. 적어도 아직은.

보미는 여전히 714호 창가 자리에 있었다. 하지만 그때와는 뭔가 달라 보였다. 어제 수술을 마쳤다고 했다. 그래서인지 생기가 있어 보였다. 침대 아래쪽에서 달랑거리던 소변 줄도 보이지 않았다.

"수술은 잘된 거야?"

"잘은 모르지만……!"

보미는 어깨를 으쓱 들었다 내렸다.

"아직 몇 번 더 해야 한대. 어제는 간단한 거라 별로 힘들지도 않았어."

오른쪽 팔다리가 으깨지듯 부서진 보미는 벌써 세 차례나 수술 방에 들어갔다고 했다. 어제 수술은 발목 부분에 넣은 철심을 부드러운 재질로 바꿔 주는 거라, 비교적 간단했다고 했다.

"골반 쪽이 틀어져서 소변 줄을 하고 있었는데, 어제 그것도 빼냈어. 완전 다행이지."

보미가 엄지손가락을 들어 올리며 씩 웃었다. 보미 덕분에 유수는 마음이 편안해졌다.

"그 오빠는 언제 온대?"

소혜가 보미에게 바짝 다가앉으며 물었다.

"2시까지 오랬으니까 금방 올 거야."

보미의 얼굴에서 웃음기가 가라앉지 않았다.

"그렇게 좋냐?"

소혜가 통을 놓아도 보미는 해죽거렸다. 정말 좋은 모양이었다. 유수도 소혜 옆에 나란히 앉았다. 소혜가 다시 물었다.

"뭐가 그렇게 좋은데, 응? 완전 잘생겼어?"

"내 눈에는!"

또 해죽. 소혜랑 유수는 절레절레 고개를 저었다.

"내 생명의 은인이잖아. 오빠 아니었으면 나는 이 세상에 없었을지 몰라."

마치 꿈이라도 꾸고 있는 것처럼 보미의 눈동자가 어룽거렸다. 그날을 떠올리며 행복한 표정을 지을 수 있다는 게 신기하면서도 씁쓸했다. 유수는 창밖으로 눈을 돌렸다. 발코니 화단에 지천으로 핀 붉은 장미가 눈에 들어왔다. 언제 저렇게 피었을까 싶었다. 그만큼 정신을 빼놓고 지낸다는 게 실감 났다.

"오빠는 안 다쳤어? 참, 몇 살이야?"

소혜는 부지런히 질문을 던졌다. 소혜가 옆에 있어 다행이라고 유수는 생각했다.

"스물두 살. 대학교 다니다가 휴학하고 아르바이트하고 있었대. 군대 가려고."

"와, 나이도 딱 좋네!"

소혜의 얼굴에도 웃음기가 있었다.

"오빠도 여태 병원에 있다가 나왔대. 나오자마자 나부터 찾은 거고."

"오빠도 어지간히 네가 보고 싶었나 보다."

소혜랑 보미가 눈을 맞추며 키득거렸다. 학교 매점 앞에서 자주 보던 장면이었다. 유수랑 서연이까지 넷이 함께 있던 장면. 유수의 가슴에 서늘함이 스몄다. 서늘함을 지우려 유수는 휘휘 고개를 저었다.

"얘기하는 게 밝아서 마음에 들었대. 제발 많이 다치지 않았길 매일매일 기도했대."

"우아, 정성이 대단한데!"

보미의 말에 소혜가 적당히 장단을 맞췄다.

보미는 쉴 새 없이 그 남자 이야기를 했다. 하지만 유수는 얘기에 집중할 수 없었다. 불현듯 응급실에서 만난 준호라는 아저씨가 떠올랐다. 벽에 기댄 채 두 눈을 꼭 감고 있던 아저씨는 유수에게 서진타운이 무너진 걸 처음으로 알려 줬었다. 그 사람은 어떻게 됐을까. 궁금했다. 하지만 찾아볼 정도는 아니었다. 생명의 은인 같은 존재는 아니었으니까.

한참을 숙덕거리고 있는데 낯선 남자가 병실에 들어섰다. 순간 보미가 몸을 반짝 일으켰다. 그 남자였다.

반소매 티셔츠에 청바지를 입은 남자는 제법 깔끔해 보였다. 사고 때 입은 상처인 듯 오른팔에는 커다란 반창고를 붙이고 있었다. 보미는 왼팔을 들어 남자를 반겼다. 남자도 시원하게 웃으며 보미에게 다가왔다. 소혜랑 유수는 엉거주춤 자리에서 일어섰다.

"보미 친구들이구나. 나는 이경원이라고 해."

남자가 친근하게 웃음을 보였다. 유수는 어색해서 몸을 뒤로 뺐다. 작은 키에 우락부락하니 몸만 좋은 남자. 평소의 보미라면 절대 두 번은 안 만날 스타일이었다. 소혜랑 유수는 슬쩍 눈을 맞추고 피식 웃었다.

"어머니는 어디 가셨어?"

남자는 보미 옆에 다가앉으며 보미 엄마를 찾았다. 말과 행동이 너무 자연스러운 게 유수는 오히려 거북했다.

"거기!"

보미의 대답이 짧았다. 그새 많이 가까워진 모양이었다.

"왜 또 가시게 했냐!"

남자가 타박하듯 말했다. 소혜랑 유수는 뒤로 물러나 보미와 남자를 보았다.

"거기라도 가서 악을 쓰고 와야 속이 풀리신대요."

보미가 끌끌 혀를 차며 대꾸했다. 그러고는 남자에게 뭐 마시겠느냐 물으며 소혜와 유수를 보았다. 음료를 챙겨 주라는 뜻이었다. 소혜는 부리나케 병실 문 쪽에 있는 냉장고에서 병 음료 몇 개를 꺼냈다. 남자는 두 손으로 음료를 받아 들었다.

"거기가 어디야?"

음료수 뚜껑을 따며 소혜가 물었다. 보미는 힐끔 유수 눈치를 보았다. 유수는 영문을 알 수 없었다. 음료수를 한 모금 삼킨 남자가 소혜를 보며 말했다.

"사고 난 데!"

유수는 눈이 휘둥그레졌다. 남자는 별스럽지 않다는 듯 씩 웃었다.

"거기를 왜 가시는데?"

소혜의 눈길이 보미에게 향했다. 유수의 머릿속에, 어제 사고 현장에서 본 피해자 가족들의 모습이 떠올랐다. 그리고 그들을 겹겹이 둘러싼 전투 경찰의 움직임도 생각났다.

"거기에서 뭐 하시는데?"

유수가 조심스럽게 물었다.

"너희 엄마는 안 가셔?"

보미의 질문에 유수는 고개를 주억거렸다.

"너도 그날, 거기 있었니?"

남자가 유수에게 관심을 보였다. 유수는 고개를 팩 숙였다. 그날, 거기는 떠올리고 싶지 않았다. 유수가 대답할 틈도 없이 보미가 입을 열었다.

"날마다 피해자 가족들이 모여서 시위하고 있어."

시위라는 단어가 가슴을 찔렀다. 유수는 입을 꾹 다문 채 음료수 병을 만지작거렸다.

"그러니까 시위하는 데 왜 가시게 하느냐고? 그러다 어머니도 다치신다니까."

남자가 보미를 나무랐다.

"가족들 하는 데 쫓아다녀야⋯⋯."

말을 하다 말고 보미는 남자의 눈치를 살폈다. 남자는 가소로운 듯 코웃음을 치며 대꾸했다.

"보상금을 많이 받을 수 있대?"

남자의 말에 보미는 고개를 끄덕였다.

"그까짓 보상금, 받아 봤자 얼마나 된다고. 그리고 보상금 때문에 시위한다는 건 텔레비전에서나 떠드는 개소리야. 가족들이 설마 보상금 몇 푼 때문에 그 고생을 하고 있겠냐?"

거칠기는 했지만 남자의 말은 진지했다. 유수는 가만히 남자의 옆얼굴을 보았다. 어딘지 믿음직스러웠다. 보미가 이상형도 아닌 남자에게 깜빡 넘어간 이유를 알 것도 같았다.

"텔레비전에서 노상 그러던데? 보상금 때문에 피해자 가족들이 자꾸 시위한다고."

보미가 입을 삐죽 내밀며 툴툴거렸다. 남자가 보미의 이마를 톡톡 두드리며 사근사근하게 말했다.

"그러니까 아가씨, 텔레비전 뉴스 볼 시간에 그냥 책을 읽으시라고요."

보미가 눈썹을 찡그리며 앙탈을 부리듯 몸을 흔들었다. 입가에 미소가 있었다.

"얘, 원래 책 읽는 거 별로 안 좋아해요."

소혜도 남자에 대한 경계를 푼 듯했다.

"어, 너, 나한테는 책 읽는 거 좋아한댔잖아."

남자가 허허 웃으며 보미를 보았다. 보미가 생글거리며 남자의 말을 받았고, 또 뭐라고 종알종알 떠들고 까르르 웃었다. 하지만 유수의 귀에는 아무 말도 들리지 않았다. 다닥다닥 붙어 있던 전투 경찰들, 경찰 버스들 그리고 멋대로 들쭉날쭉하던 피켓과 피해자 가족들의 성난 목소리. 어제, 그곳에서 본 장면이 자꾸 되감기 됐다.

'어제 알아봤어야 했는데…….'

더 늦기 전에 알아야 했다.

"보상금 때문이 아니라면 피해자 가족들은 왜 시위를 하는 거예요?"

재잘재잘 떠들던 세 사람이 동시에 유수를 보았다. 당황한 표정을 보니 질문이 갑작스러운 모양이었다.

"시위 중이라면서요, 왜 하는 거냐고요?"

유수는 빤히 남자를 보았다.

"여러 가지로 답답한 일이 많으니까……."

남자가 두루뭉술하게 답했다.

"답답한 일이 뭔데요?"

"뭐, 사고 수습도 더디고. 어쩌다가 그런 일이 일어난 건지 조사도 제대로 안 하고……."

"건물이 폭삭 주저앉은 거라 수습하기 힘들다고 했어요."

유수가 진지한 얼굴로 엄마에게 들은 말을 전했다. 남자가 피식 웃으며 물었다.

"그건 그렇다 치고, 사고 조사는 왜 안 하는데?"

"……."

유수는 입술을 앙다물었다. 사고 조사에 대해서는 들은 바가 없었다. 남자가 다시 말했다.

"돈 있는 사람들이 다 덮어 버리려고 기를 쓰니까 안 되는 거야. 돈 없고 백 없는 사람들은 사고 원인 따위 궁금해하지도 말라는 거지. 그냥 누군가가 인심 쓰듯 떼어 주는 돈 먹고 떨어지라는 거야."

"설마……."

유수는 남자의 말을 믿을 수 없었다. 아니, 믿고 싶지 않았다.

"400명이 죽었어요."

유수의 음성에 반짝 치민 화가 묻었다.

"돈 없고, 백 없는 사람들만 당하는 거라니까."

남자는 여전히 건들거렸다. 잠깐이나마 믿음직스럽다고 생각한 게 바보처럼 여겨졌다. 유수는 주먹을 꼭 쥐고 싸울 듯 남자를 쳐다보았다.

"강유수, 왜 그러냐?"

보미가 샐쭉한 목소리로 유수를 막았다. 소혜도 불안한 눈빛으로 보았다.

"그럴 리 없어……."

"참 나, 내가 너희한테 왜 없는 소리를 하겠냐? 기사 몇 개 찾아보면 금방 알 수 있어."

남자도 기분이 상한 듯했다. 덩달아 보미까지 사나워졌다.

"오늘은 인사했으니까 된 거지? 다음에 또 뵐게요."

소혜가 서둘러 가방을 챙기고는 남자에게 인사를 건넸다. 소혜는 유수의 진분홍 크로스백도 함께 집어 들었다. 유수는 소혜에게 한쪽 팔을 잡힌 채 정신없이 병실을 빠져나왔다.

"……정말일까?"

집으로 향하는 택시 안에서 유수는 계속 혼잣말을 했다. 남자의 말은 생각할수록 믿고 싶지 않았다. 피해자들이야 아프고 힘겨워서 모르는 척 지워 버리고 싶을 수 있지만, 그래도 누군가는 그 뒷일을 깔끔하게 마무리 짓고, 잘잘못을 분명히 따져 책임지게끔 했을 거라고 막연히 믿고 있었다. 그런데 사고가 왜 일어났는지 조사조차 되지 않고 있다니 다시 한 번 가슴이 무너졌다.

"엄마, 시진타운 무너진 거 말이에요."

집에 들어서기가 무섭게, 유수는 엄마에게 물었다.

"왜 그런 거래요?"

"그게 말이지……."

엄마는 쉽게 답을 못 했다. 유수에게 알려 주기 곤란해서인지 엄마도 모르는 것인지 알 수 없었다.

"누구 때문에 무너진 거래요?"

유수의 질문은 거칠었다. 엄마가 차분한 얼굴로 유수에게 물었다.

"알고 싶어?"

유수는 힘껏 고개를 끄덕였다.

"지금부터 알아보자. 왜 그런 일이 일어났는지……."

유수는 엄마와 함께 거실 소파에 나란히 앉았다. 아주 오랜만에 유수네 텔레비전에 전원이 켜졌다.

16

양 무리를 끌고, 대평원을 왔다 갔다……. 잠들고 싶어서 기를 써 봤는데, 안 돼. 흩어져 버린 마음을 다잡을 수가 없어. 서연아, 그때처럼 또 마음이 어지러워. 그날, 화장실에서 봤던 고장 난 수도꼭지처럼 내 눈에서도 자꾸 눈물이 흐른다.

그동안 보미는 세 번의 수술을 하고, 소변 줄을 떼어 냈으며, 아마도 소원하던 남자 친구가 생긴 것 같아. 비록 보미가 원하던 써버의 '리' 같은 오빠는 아니지만, 어쨌든 병실에 누워 있는 보미를 반짝반짝 빛나게 해 주는 사람인 것 같아서 마음이 조금은 놓였어. 그런데 말이야. 그 사람의 한마디가 내 가슴을 아프게 후려쳤어. 그날, 그 일에 대해 아무것도 밝혀진 게 없다니, 그동안 나는 무엇을 한 걸까. 뭘 하느라 정신을 쏙 빼놓은 채 힘겨워만 했을까. 그런다고 달라지는 건 없는데, 나는 왜 그걸 몰랐을까.

사실 나는 잊고 싶었던 것 같아. 아니, 잊어야 하는 줄 알았어.

생각하면 무섭고 겁이 나서 아무것도 할 수 없으니까, 되도록 생각을 하지 말자 다짐을 했어. 엄마도 그러라고 했지. 그래야 학교도 갈 수 있고, 친구들도 만날 수 있고, 내가 해야 하는 여러 가지 일들을 할 수 있다고. 그러니까 되도록 생각하지 말고 지워 버리라고, 엄마는 내 귓가에 대고 주문처럼 말을 했었어. 심리 치료실의 안 선생님도 구덩이를 훌쩍 뛰어넘으라고 했어. 그래야 앞으로 나갈 수 있다고 말이야. 그런데 그 사람, 보미 남자 친구의 억센 한마디를 들으면서, 내가 잘못하고 있다는 걸 깨달았어. 무조건 지워 내는 게 능사가 아닌 것 같아. 적어도 그 일을 함께 겪은 사람이라면, 그 일이 바르게 풀어지고 제대로 알려지는지 확인을 해야 했어. 그걸 이제야 깨달았지.

3주가 넘도록 멀리하던 텔레비전을 오늘 처음 틀었어.

전에는 보고 싶어 안달했는데, 나는 텔레비전을 켜기가 두려웠어. 텔레비전을 켜면, 붕괴된 서진타운이 득달같이 튀어나올 것 같았어. 눈앞을 가리던 희뿌연 회색 가루와 피 흘리며 신음하던 사람들의 모습이 여전히 텔레비전을 채우고 있을 것 같아서 나는 볼 수 없었어. 그런데 아니더라. 전혀. 내 걱정은 정말 쓸데없는 거더라.

그날, 그곳의 일은 깡그리 도려내졌어. 화려한 옷을 입은 댄서가 춤을 추고, 이상한 분장을 한 개그우먼이 웃기지도 않은 말을 쏟아 내며 억지웃음을 만들어 내고 있었어. 어디에서도 서진타운과 관련된 장면은 튀어나오지 않았어. 아, 이렇게 모두 잊었구나. 그런데 공연히 겁을 먹고 있었구나. 슬며시 억울하단 생각이 들지 뭐야.

아직 서진타운 사고 현장에는 사람들이 있어. 피켓을 흔들며 소리치는 가족들 그리고 전투 경찰들. 그런데 텔레비전의 그 많은 채널 어디에서도 그들은 보이지 않았어. 어스름이 내리는 창밖 풍경처럼 시간은 뒤도 한번 돌아보지 않고 휘적휘적 잘도 가고 있더라.

저녁 뉴스 할 시간에 맞춰, 나는 엄마와 함께 다시 텔레비전 앞에 앉았어. 적어도 저녁 뉴스에서는 서진타운과 관련된 무엇인가를 이야기해 주겠지, 무엇이든 보고 들을 수 있겠지, 일말의 기대가 있었어.

몇 개의 주요 뉴스가 나오고 난 뒤 파란 옷을 입은 여자 앵커가 서진타운 소식을 전했어.

"서진타운의 한서진 회장과 한우철 사장 등 관계자 일곱 명이 검찰에 송치되었습니다."

화면에는 고개를 빳빳이 쳐든 채 검찰로 향하는 서진타운 관계자들의 모습이 비쳤어. 그런데 그들의 표정이 너무나 담담했어. 미안한 감정은 처음부터 없는 것처럼 터벅터벅 검찰로 향하더라.

"저 사람들, 왜 저렇게 당당해?"

화가 나서 나는 빽 소리를 질렀어. 엄마는 내 손을 잡고, 아무 말도 않았어.

회사 관계자와 공무원 몇 명. 그게 서진타운 붕괴 사고를 책임지는 사람의 전부였어. 그곳에서 400여 명이 죽어 나갔는데, 거의 2천 명에 달하는 사람이 부상을 입었다고 했는데, 책임지는 사람은 고작 몇 명이었어. 서연아, 이거 말이 되는 것 같니?

눈으로 보면서도 믿을 수가 없어서, 엄마에게 지난 3주간 배달

된 주간지를 보여 달라고 했어. 엄마는 괜찮겠느냐며 자꾸만 내 눈치를 살폈어. 당연히 괜찮지 않았지만, 알아야겠다는 마음이 훌쩍 커 버려서 괜찮다고 했지.

엄마는 머뭇거리며 아빠가 구독하고 있는 주간지를 내 앞에 내밀었어. 서진타운이 땅 아래쪽으로 푹 꺼져 있는 표지 사진을 보자 내 가슴이 쿵 내려앉았어. 손끝이 파르르 떨렸어. 나는 겉표지를 넘기지도 못한 채 멍하니 있었지.

"나중에 볼래?"

엄마가 조심스럽게 내 얼굴을 살폈어. 하지만 나는 크게 헛기침을 하고, 깊게 숨을 들이마시고 주간지를 집어 들었어. 더 이상 물러나면 안 될 것 같았어. 너를 위해서라도, 아니 나 자신을 위해서라도 알아야 할 것 같았어.

주간지에는 서진타운이 붕괴된 당시 상황과 사고 원인이 자세히 나와 있었어. 나는 주간지에 얼굴을 파묻은 채 관련 글을 읽고 또 읽었어. 그리고 마지막 주간지를 덮는데, 온몸이 흐물흐물 흘러내릴 것만 같았어. 너무나 허무해서 견딜 수가 없었어.

그날, 서연아! 서진타운에 에어컨 수리는 없었대. 건물 옥상에 있는 커다란 물탱크 주위에 금이 가 있어서 그걸 메우고 있었대. 에어컨 실외기가 옥상에 있어서 가동을 멈춰 놓았던 거래. 그러니까 서진타운 식당가 사람들은 우리를 속인 거였어. 어쩌면 그들도 속고 있었는지도 모르지만.

애초 계획과는 다르게 건물의 용도를 바꾸고, 변경된 용도에 따라 건물을 지으면서, 회사의 어른이라는 사람들은 건물의 하부에 미칠 무게를 고려하지 못했대. 모래성처럼 1분도 채 되지 않는 시간에 풀썩 가라앉을 거라고는 상상도 못 했대. 자기들의 실수였다며 미안하다는 인터뷰를 읽는데, 속에서 뜨거운 것이 올라와 나는 한바탕 구역질을 했어.

그들의 실수, 아니 사실은 욕심 때문이지. 그 사람들이 무리를 하면서까지 공연장을 만들고, 기둥을 없애 쇼핑 부스를 늘리고, 식당 매장을 더 채워 넣은 것은 한 푼이라도 더 벌어들이겠다는 얄팍한 욕심이었어. 그것 때문에 무고한 사람들이 무수하게 희생을 당했어. 진짜 어이없고 허무하지 않니.

무섭고 힘들다고 무조건 모르는 척하려고 했던 거, 생각할수록 머리가 깨질 듯 아파서 어렴풋이도 생각하지 않으려 했던 거. 심지어는 내 머릿속에서 그날의 기억을 똑 잘라 내고 싶어 했던 거. 깡그리 잊으려 발버둥 쳤던 거. 다 미안하다.

텔레비전 어디에서도 찾아볼 수 없는 그날의 이야기를 이제라도 해야 할 것 같아. 한 사람이라도 제대로 알 수 있게끔 아무리 힘들고 어려워도 끄집어내야 할 것 같아. 그게 내가 해야 할 일인 것 같아. 갑작스럽게 딴 세상으로 떠나 버린 너를 위해서라도 말이야.

서연아, 하늘에서 나를 내려다보고 있다면, 꿈속에서라도 나타

나 말해 줄래? 너를 위해서라도 힘을 내 달라고. 더 이상 겁내지
말고, 울지도 말고, 일어서라고.

일단 잠부터 자야 할 것 같아. 욕심부리던 서진타운 어른들이
어찌 되는지 살펴야 하고, 전투 경찰에 갇힌 피해자 가족들은 어
떻게 지내는지도 내가 직접 봐야 하니까.

양 한 마리, 양 두 마리……

양을 세어야겠어. 나는 다시 튼튼해져야겠어.

17

"어, 유수! 왜 이렇게 오랜만이야?"

미용사 언니가 아는 체를 했다. 유수는 실쭉 웃으며 거울 앞에 자리를 잡았다.

"어디 여행이라도 갔다 왔어? 통 안 보이던데?"

유수에게 가운을 입히며 미용사 언니가 물었다. 초등학교 때부터 다니던 단골집이니 못 들은 척하기도 곤란했다. 엄마가 슬쩍 유수를 보고는 그렇다고 얼버무렸다.

"어머, 진짜요? 학기 중에 여행을 보내시고 유수 어머니도 진짜 멋쟁이세요."

미용사 언니는 엄마를 향해 해맑게 웃고는 어디를 다녀왔냐고 또 물었다. 질문은 끝날 것 같지 않았다.

"저 병원에 있다 왔어요."

유수가 짧게 대꾸했다. 마른 머리카락을 향해 분사되던 물방울이 멈추고, 미용사 언니가 놀란 눈빛으로 거울 속 유수를 살폈다. 소파에 앉아 있던 엄마도 고개를 반짝 들고 유수와 눈을 맞췄다.

"아팠어요."

"어머, 정말? 어디가 얼마나 아팠기에. 어쩐지 어머니 얼굴도 영 안 좋으시더라."

미용사 언니는 유수의 말을 곧이곧대로 받아들였다. 그러고는 또 어디가 아팠냐고 물었다.

"언니, 서진타운 붕괴 사고 아시죠?"

유수가 물었다. 엄마가 흠칫 놀라는 게 느껴졌다.

"알다마다. 아주 난리였잖아!"

가위를 집어 들고 미용사 언니는 눈을 크게 홉뜨며 대꾸했다.

"어떻게 난리였는데요?"

"어머, 너 정말 몰라?"

미용사 언니는 안쓰러워 죽겠다는 표정으로 유수를 보았다. 유수는 담담한 시선으로 응대했다.

"일주일이 넘도록 텔레비전이고 인터넷이고 온통 서진타운 얘기였잖아. 사람들도 모이면 서진타운이 어쩌고저쩌고 어찌나 떠들어 대던지!"

거울에 비친 엄마의 얼굴에는 불안한 기운이 가득했다. 그래도 미용사 언니의 말을 멈추게 하고 싶지 않았다.

"뭐라고들 했는데요?"

"어머, 애 정말 하나도 모르나 보네! 그게 처음에는 폭탄 테러다 뭐다 말이 많다가 그다음에는 부실 공사라고 하더라고. 그러더니 어디서 시공을 했으니 그쪽 책임이네, 설계랑 감리 쪽 잘못이네, 눈감아 준 공무원 탓이네, 하다 하다 나중에는 누구든 맘만 먹으면 쉽게 건물 용도를 바꿀 수 있게 만들어 놓은 허술한

법이 문제라고 하더라고."

"언니 생각은 어때요?"

"윗사람들이 하는 일이니 뭐, 난들 아니? 거기서 개죽음당한 애들만 불쌍한 거지."

개죽음이라는 말이 유수의 가슴에 팍 꽂혔다. 자기도 모르게 유수는 바싹 몸을 옹크렸다. 언니의 수다는 계속됐다.

"그래도 거기서 죽은 애들은 부모한테 큰돈이라도 안겨 줬으니 효도한 거지. 거기서 다친 애들은……."

"뒷머리는 그 정도 길이로만 해 주세요."

엄마가 미용사 언니의 말을 툭 끊었다. 언니는 너무 짧으냐며 몸을 뒤로 빼고 뒷머리를 살폈다. 머리 길이 때문이 아니라는 것쯤은 유수도 알 수 있었다. 유수는 가만히 눈을 내리깔았다. 언니는 이 정도는 늘 치던 길이라며, 거울 속 유수와 눈을 마주쳤다. 동의를 구하려는 거였다. 머리 길이야 어떻든 상관없었다. 유수는 아무렇게나 해도 된다고 심드렁하게 대꾸했다. 엄마는 다시 펼쳐 놓은 잡지로 눈을 돌렸다. 언니는 하던 이야기는 까맣게 잊은 듯 머리카락 길이에만 신경을 썼다. 유수도 더 이상은 질문하지 않았다. 더 말을 붙였다가는 머리카락을 자르다 말고 엄마 손에 끌려 나갈지도 몰랐다. 엄마는 무척이나 불쾌한 표정이었다.

미용실에는 삭둑거리는 가위질 소리와 유선 방송에서 흘러나오는 노랫소리만 요란했다. 하지만 유수의 머릿속에는 언니의 한마디가 뱅글뱅글 맴돌았다. 부모에게 큰돈을 안겨 줬으니 죽은 아이들이 효도한 거라는 말이 유수의 뇌세포를 하나하나 찌르고, 가슴으로 흘러들었다. 유수의 얼굴이 사뭇 일그러졌다.

"어디 불편해?"

미용사 언니가 물었다. 유수는 얼른 표정을 가다듬고 거울을 보았다. 거울 속 자신이 너무 낯설어 다른 사람 같았다.

"갑자기 왜 물어본 거야?"

미용실을 나서며 엄마가 물었다. 화가 났는지 얼굴이 잔뜩 굳어 있었다. 유수는 대답을 하지 못했다. 머릿속이 아직 정리되지 않아서였다.

유수는 곧 학교에 가야 했다. 학교에서 더 이상은 봐줄 수 없다고도 했고, 유수 역시 이제 일어나 움직여야겠다고 마음을 먹은 터였다. 학교에 가면 어차피 부딪힐 일이니까 연습 삼아 질문을 던져 본 것이었다. 그런데 예상치 못한 답이 돌아왔다.

"죽어서……."

유수가 입을 열었다. 엄마가 걸음을 멈추고 유수를 보았다. 유수는 더 말을 잇지 못하고 고개를 떨궜다. 큰돈을 안겨 준 애들이 효도를 한 것인가, 엄마에게 묻고 싶었다. 하지만 차마 입이 떨어지지 않았다. 힘을 내서 쭉쭉 달려가려 했는데 첫발부터 미끄러진 기분이었다.

"그 언니 말은 틀렸어."

엄마의 마음에도 그 말이 걸린 모양이었다.

"어째서?"

유수가 엄마를 바라보았다.

"내 자식이 없는데 백만금을 준다 한들 무슨 소용이야. 그건 효도가 아니야."

엄마의 목소리에 바짝 날이 섰다. 그러고는 어쩔 줄을 몰라 하며 머리를 이리저리 흔들었다. 유수는 슬그머니 엄마의 손을 잡았다. 엄마가 아랫입술을 깨물며 우는 것도 웃는 것도 아닌 애매한 표정으로 유수를 보았다. 유수는 엄마와 눈을 맞추며 맞잡은 손에 힘을 주고 씩 웃어 보였다.

엄마의 말은 분명 맞을 거였다. 하지만 대부분의 사람들은 미용사 언니처럼 생각할 것 같았다. 사고 현장에서 피해자 가족들이 벌이는 시위를 보상금 때문이라고 호도하는 언론 때문에 더 그럴 거였다. 그리고 어쩌면……. 언니의 말이 조금은 맞을지도 몰랐다. 정말로 어쩔 수 없이 죽어야 했다면, 열일곱의 나이에 정말로 죽어야만 했다면 말이다.

아니, 틀렸다.

열일곱에 죽어야 할 이유는 없다.

그러니까 틀린 거다.

거울을 들여다보며, 유수는 깡충 짧아진 단발머리를 흔들어 보았다. 뒤죽박죽 엉켜 있는 머릿속도 머리카락처럼 찰랑 흔들렸다가 제자리를 찾아 줬음 싶었다. 하지만 그리 쉬울 리가 없었다. 그래도 아무것도 모르는 채 시간만 죽이던 때보다는 훨씬 빨리 정돈되는 느낌이라서 다행이었다. 거울을 보며 두 눈을 부릅떴다. 그때였다. '딩동' 문자 알림음이 울렸다.

– 세상이 나를 향해 손가락질을 한다.

의문의 문자였다. 유수는 한 번 더 읽었다.

'도대체 누굴까?'

알 길이 없어 답답했다. 눈을 감고 문자 메시지를 떠올렸다. 그냥 무시할 수가 없었다.

'세상이 나를 향해 손가락질하는 건 어떤 기분일까?'

심리 치료실의 안 선생님이 유수에게 종종 써먹는 방법이었다. 자신이 아닌 상대방의 입장에서 자신을 살펴보기. 그러면 자기 자신의 감정이 훨씬 더 선명하게 보일 거라고 했다. 잠시 뒤, 유수는 눈을 뜨고 휴대폰을 집어 들었다.

– 네게 손가락질하는 그 사람은 자기 자신을 향해 더 많은 손가락질을 하고 있어. 걱정하지 마.

문자 메시지를 보내고, 유수는 다시 휴대폰을 보았다. 역시나

답은 없었다. 자기 멋대로 자기감정만 풀려는 못된 심보의 소유자였다. 그래도 유수는 전하고 싶은 말이 있었다.

－끝까지 네 편에 설 사람은 꼭 있어. 네가 희망을 잃지 않았으면 좋겠다.

혹시나 알 수 없는 번호의 주변에 아무도 없으면 어쩌나 걱정이 되었다. 만약에 그렇다면 유수가 끝까지 남아 그 사람의 편이 되어 주고 싶었다. 그것이 살아남은 유수가, 살아남은 누군가에게 해 줄 수 있는 최선의 일일 테니까. 갑자기 보미의 남자 친구가 떠올랐다. 보미는 물론 유수에게도 큰 깨달음을 준 사람. 유수는 알 수 없는 번호에게 그런 존재가 되어 주고 싶었다.

"서연아, 나한테 하고 싶은 일이 생겼어. 기뻐해 줄 거지?"

유수는 혼잣소리를 하고 서둘러 자리에서 일어났다. 이제 가방을 챙겨야 했다. 고작 한 달 남짓한 시간이 흘렀을 뿐인데 기억 속에 학교는 무척이나 멀리 있었다. 잘 적응할 수 있을지 걱정됐지만 겁먹지 않기로 했다. 담담하게 그리고 씩씩하게 세상에 나가야 했다. 그래야 의문의 번호에게 힘이 돼 줄 수 있을 거라고 스스로를 다독였다.

18

아이들의 시선이 유수에게 쏠렸다. 그럴 줄 알고는 있었지만 막상 당하고 보니 숨이 컥 막혔다. 유수는 입을 꾹 다물고 자기 자리로 걸어갔다.

"자리 안 바뀌었지?"

의자를 잡은 채 유수가 물었다. 책상에 엎드려 있던 서정이가 몸을 일으켜 유수를 보고는 심드렁하게 고개를 끄덕였다. 요란스럽지 않아 고마웠다.

자리에 앉아 가방을 풀었다. 그제야 유수를 향한 눈길이 하나둘 거둬졌다. 애들은 저희들끼리 속닥속닥 떠들기 시작했다. 속닥거림 속에는 유수의 이름이 오르내릴 거였다.

유수는 쿵쾅거리는 가슴을 억지로 가라앉히며 책을 펼쳤다. 아침에 교복을 입고 집을 나설 때부터 가슴이 내내 뛰었다. 아무 일도 없었던 것처럼 다시 원래대로 돌아가도 괜찮은 건지 스스로에게 묻고 또 물었다. 엄마 아빠는 학교에 가서 일상생활을 되찾아야 한다고 했다. 유수는 그게 맞는 건지 답을 찾고 싶었다. 그래야 자신 있게 학교생활을 할 수 있을 것 같았다. 버스를 꽉 채운 또래 아이들을 보면서 마음이 더 힘겨웠다. 마치 그날, 거기에서 만났던 사람들을 다시 만나는 것 같은 묘한 데자뷔도 느꼈다. 유수는 눈을 감고 아이들 사이에 끼어 이리저리 휩쓸렸다.

버스에서 내려 교문을 통과하면서 유수는 질문에 답을 찾았다. 서연이를 위해서라도 학교에 가야 했고 열심히 살아야 했다. 오래전부터 갖고 있던 답이었다. 이제는 그 답을 행동으로 옮겨야 했다.

"괜찮냐?"

서정이가 물었다. 괜찮을 것 같냐고 되물으려다 고개를 까딱했다. 길게 대꾸하기도 싫었지만 앞자리가 눈에 걸렸다. 비어 있는 자리. 툭하면 몸을 돌리고 유수를 향해 눈을 갸름하게 뜨며 웃어 주던 아이. 서연이가 떠올라서 말문이 막혔다. 유수는 얼른 책을 펼쳤다.

"유수, 왔니?"

어느새 담임 선생님이 유수 곁에 서 있었다. 주위가 조용해진 것도 선생님이 다가오는 것도 알아차리지 못했다. 책에 집중해서가 아니었다. 머릿속이 또 우주여행이라도 하듯 흑막 속을 떠다녔다.

"잘 왔다."

담임 선생님은 유수의 어깨를 지그시 누르고는 교실 앞으로 갔다. 까탈 대마녀답지 않아 낯설었다. 하지만 따지고 보면 교실의 모든 것이 낯설었다.

담임 선생님은 자리를 바꿀 테니 가방을 챙기라고 했다. 아이들 몇이 싫은 티를 냈다. 선생님은 컴퓨터를 켜고, 자리 배치표를 모니터에 띄웠다. 숫자가 하나씩 배치표에 새겨졌다. 2번. 유수는 맨 왼쪽 줄 두 번째 오른쪽 자리였다. 한참 숫자가 넘어가더니 14가 떴다. 선생님은 곧장 14를 삭제하고, 15를 올렸다. 14번. 서연이의 번호였다. 서연이의 번호가 방금 1학년 6반 교실에서 사라져 버렸다. 뜨거운 것이 울컥 솟구쳤지만 유수는 이를 악물었다. 적어도 학교에서만큼은 절대로 울고 싶지 않았다.

반 아이들이 가방을 들고 이동을 끝냈다. 교실 뒤쪽에 책상 하나가 덩그러니 남았다. 선생님은 하나 남은 책상을 복도에 내놓으라고 했다. 뒷문 가까이에 앉은 아이가 빈 책상과 의자를 끌고 복도로 나갔다. 마치 서연이가 밀려 나가는 것 같아 유수는 마음이 아팠다. 빈자리라도 남겨 뒀으면 싶었다. 하지만 선생님은 진작 결심을 한 것 같았다. 까탈 대마녀가 한 달쯤 봐줬으면 많이 봐준 걸 수도 있었다.

"너도 같이 있지 않았냐?"

짝이 된 희근이가 왼쪽 귀에 대고 속삭이듯 물었다. 유수의 얼굴이 순식간에 구겨졌다. 희근이하고는 친하게 지낸 적이 없었다. 중학교도 달랐고 같이 노는 무리도 달랐다. 희근이가 무엇을 좋아하는지 확실히 모르지만, 적어도 써버는 좋아하지 않았다. 학기 초에 써버에 대해 좋지 않게 이야기하는 것을 우연히 들은 적이 있었다. 유수는 희근이를 상대하고 싶지 않았다.

"너희 같이 간다고 했었잖아. 넌 안 갔어?"

"얘도 갔었잖아. 계집애, 알면서 난리야!"

앞자리에 앉게 된 서정이가 희근이에게 톡 쏘아붙였다. 희근이는 킥킥거렸다. 일부러 유수의 속을 긁고 있었다. 유수는 얼굴이 벌겋게 달아올라 고개를 폭 숙였다.

"그거 때문에 써버도 싹 사라진 거 알고 있나?"

희근이는 멈추지 않았다. 그런데 이번에는 못 들은 척 무시할 수가 없었다.

"그게 무슨 말이야?"

"그 일 있고 써버가 사라졌다고. 너 몰랐냐?"

희근이는 놀랍다는 듯 이죽거리며 말을 이었다.

"써비 팬이라는 애가 어떻게 그걸 모르냐? 써버 홈페이지도 없어졌다던데?"

가끔씩 궁금하긴 했었다. 하지만 써버까지 챙길 여력이 없었다. 몇 번 만난 소혜도 이런 얘기를 하진 않았다. 유수는 갑자기 써버가 궁금해 미칠 지경이었다.

쉬는 시간에 유수는 소혜를 찾아갔다. 마침 소혜도 유수네 반으로 오고 있었다.

"강유수, 지낼 만해?"

소혜가 오른손을 흔들며 유수를 반겼다. 하지만 유수는 인사할 여유가 없을 만큼 마음이 조급했다.

"써버 없어졌어?"

유수는 다짜고짜 물었다. 소혜가 눈을 반짝 뜨며 입을 다물었다. 어쩐지 희근이의 말이 사실일 것 같아 겁이 났다.

"써버 없어졌느냐고?"

"아니, 그런 건 아니고……."

소혜가 느릿느릿 입을 열었다. 머릿속으로 둘러댈 말을 찾는 듯했다. 유수는 소혜를 끌고 복도 끝 창가로 갔다.

"써버도 다쳤어?"

사고가 일어나기 전에 리허설을 했으니 써버도 서진타운에 있었다. 그러니까 써버도 다치거나 목숨을 잃었을 수 있었다. 그 생각을 미처 하지 못했다. 소혜는 유수를 빤히 쳐다보며 고개를 저었다.

"그럼?"

"몰라."

대꾸를 하고 소혜는 창밖을 보았다.

"써버라고 마음이 좋겠냐? 팬들 모아서 공연하려다가 그 사고가 났으니……."

소혜는 말을 잇지 못했다. 유수의 마음은 더 급해졌다.

"그래서? 정말 없어졌다는 거야?"

"그건 아니고, 잠깐 쉰대!"

소혜가 유수를 진정시키려고 두 손으로 팔을 잡으며 차분하게 말했다. 유수는 믿기지 않았다. 잠깐 쉬는 정도였으면, 소혜가 이렇게 뜸을 들일 리 없었다. 어쩌면 희근이의 말이 맞을지도 몰랐다. 답답한 걸 풀려면 직접 확인해 보는 수밖에 없는데 그러기에 쉬는 시간은 너무 짧았다.

수업 시간 내내 유수는 써버 생각에 빠져 있었다. 그래도 선생님들은 나무라지 않았다. 큰일을 겪고 오랜만에 학교에 나오니 나름 편한 구석도 있었다. 생각 없는 희근이를 봐야 하는 것만 빼면.

점심시간에 유수는 급식실에 가지 않고 교실에 남았다. 그리고 엄마가 싸 준 주먹밥을 꺼냈다. 엄마는 또래 아이들이 우르르 몰려다니는 걸 아직은 보기 힘들 거라고 했다. 엄마의 판단은 맞았다.

주먹밥을 책상에 올려 두고 휴대폰을 꺼냈다. 휴대폰이 있으니 써버의 소식은 확인하기 어렵지 않을 거였다. 그러나 막상 겁이 나서 유수는 그대로 책상에 엎드렸다. 조금만 있으면 소혜가 올 거였다.

"넌 언제까지 도시락 싸 올 거야?"

소혜보다 희근이가 먼저 나타났다. 유수는 말없이 주먹밥이 담긴 도시락을 가방에 넣었다.

"넌 입에 풀칠하고 왔냐? 왜 종일 말이 없어?"

다른 사람들과는 달리 희근이는 유수에 대한 배려가 없었다. 기가 막히면서 한편으로는 편했다. 친하지도 않았으면서 걱정해 주고 위로해 주면 그게 더 어색할 거였다.

"써버…… 정말로 사라졌어?"

유수가 희근이에게 물었다.

"그렇다니까. 그날 사고 나고, 미안하다는 글만 한 줄 남기고 사라졌어."

"사라졌다는 게 뭐야?"

"연락 두절. 잠수! 기획사도 써버 멤버들이 어디 갔는지 모른대."

"잠깐 쉬는 걸 수도 있잖아."

유수가 목청을 높였다. 그러자 희근이도 목청을 키웠다.

"잠깐일지 영원일지 어떻게 아냐? 그렇게 큰일을 당했는데! 사실 해체한다는 소문도 있어!"

희근이의 말에 유수는 심장이 쿵 내려앉았다. 희근이가 말을 이었다.

"걔네 팬카페인가 홈페이지인가에 쓰여 있대. 써버 해체한다고."

믿을 수 없었다. 써버는 데뷔한 지 이제 3년밖에 안 된 그룹이었다. 게다가 한창 주가가 올라 여기저기에서 활발하게 활동하고 있었다. 그런데 해체라니. 가슴이 터지려는 순간 소혜가 유수를 찾아왔다.

"써버 해체해?"

"얘가 왜 자꾸 뚱딴지같은 소리를 해?"

소혜가 얼굴을 찌푸리며 유수를 복도 끝으로 끌고 갔다. 그러고는 휴대폰을 내밀었다.

"공홈 들어가 봐. 그런 말 없어."

이를 악물고 유수는 휴대폰의 인터넷을 열었다. 하지만 아무것도 터치할 수 없었다. 인터넷은 텔레비전과 상황이 다를 것이었다.

"내가 봐 줘?"

소혜가 물었다. 유수는 고개를 저었다. 스스로 해야 했다. 유수는 인터넷 뉴스 기사로 눈을 돌렸다. 바짝 굳었던 몸이 스르르 풀렸다. 인터넷 세상도 텔레비전과 똑같았다. 서진타운과 관련된 것은 아무것도 없었다.

"서진타운 얘기가 하나도 없다……."

유수가 혼잣소리를 하듯 중얼거렸다.

"벌써 한 달 가까이 됐으니까."

소혜가 나직이 말했다. 유수는 '벌써'라는 단어를 혼자서 곱씹었다.

'벌써 한 달이 되었구나. 벌써 한 달이 되어서 사람들에게서는 지워졌구나.'

소혜조차도 당연히 뱉어 내는 '벌써'라는 말이 가슴을 아프게 찔렀다. 유수에게 서진타운은 여전히 진행 중인 사건이었다. 하지만 인터넷 포털 사이트에는 다른 이야기들이 가득했다. 이럴 줄 알았으면 진즉에 들어와 볼 걸 싶을 만큼 사고 이전과 다를 바가 없었다.

마침 오후 수업을 알리는 예비 종이 울렸다. 소혜가 자기 반으로 뛰어갔다. 유수는 휴대폰 전원을 끄고 자리로 돌아왔다. 집에 가서 차근차근 뒤져 보아도 될 것 같았다.

일과를 마친 유수는 혼자서 집으로 돌아왔다. 소혜는 방과 후 수업을 들어야 한다고 했다. 유수는 아직 일과 외에 다른 활동은 무리였다.

엄마가 반갑게 유수를 맞았다. 엄마로서는 유수가 일상으로 돌아가 마음이 놓이는 듯했다. 그렇지만 여전히 살얼음판에 서 있는 듯 조마조마해 보이기도 했다. 어쩌면 유수의 얼굴도 엄마랑 비슷할 것이다.

엄마가 내준 간식을 먹고 컴퓨터 앞에 앉았다. 엄마가 그 모습을 보고 놀란 표정을 지었다. 아직 이르지 않을까 걱정하는 눈치였다.

"학교에서 잠깐 봤는데 아무것도 없었어."

유수는 엄마를 안심시키고 인터넷을 켰다. 정치인의 막말 논란부터 야구 선수 K 씨랑 모델 H 양이 연애를 시작했다는 등의 시시콜콜한 이야기가 메인에 떠 있었다. 유수는 즐겨찾기 목록에서 써버 홈페이지를 클릭했다. 전과 다름없는 써버 홈페이지가 모니터에 떴다. 유수는 우선 공지를 열었다. 희근이가 말한 것처럼 서진타운에서 진행할 예정이던 콘서트 무산 소식과 함께 억울하게 피해를 입은 수많은 팬 여러분께 사죄한다는 글이 올라와 있었다. 그리고 사회적 책임을 통감하며 당분간 속죄의 시간을 보내겠다는 글도 덧붙여 있었다. 유수는 아랫입술을 질끈 깨물었다.

"엄마, 써버가 잘못한 거야?"

홈페이지에 올라온 글을 보며 유수가 물었다. 엄마는 아니라고 말했다.

"그런데 왜 써버가 사회적 책임을 지고 속죄의 시간을 보내야 해?"

이번 물음에는 엄마도 아무런 말을 못 했다.

공지가 올라온 것은 사고가 난 이틀 뒤였다. 그로부터 한 달 가까이 시간이 흘렀는데, 써버는 물론 관계자의 글도 올라온 게 없었다. 그러니까 써버가 해체한다는 희근이의 말은 틀렸다.

유수는 게시판을 열었다. 목록에 온통 노랑 리본이 가득했다. 유수는 눈을 휘둥그레 뜨고 게시판 공지 글을 읽었다. 팬클럽 회장이 써버가 돌아올 날을 기다리며 노랑 리본을 걸어 두자고 적어 놓았다. 그 뒤로 쭉쭉 수백 개, 아니 수천 개에 이르는 글마다 노랑 리본이 붙었다. 유수는 멍한 눈으로 홈페이지 게시판을 바라보았다.

"유수야, 그만 보자……."

엄마가 유수의 손을 잡았다.

"어차피 알아야 하는 거잖아."

정신을 차리려는 듯 유수는 두 손으로 얼굴을 문질렀다. 그리고 써버 홈페이지를 빠져나와 SNS 창을 열었다. 유수 옆에서 엄마가 안절부절못했다. 유수는 그런 엄마를 돌아보며 부드럽게 웃었다.

"이게 원래 나야, 엄마."

유수의 말은 틀리지 않았다. 사고가 있기 전 유수는 학교만 갔다 오면 써버의 홈페이지를 찾고, SNS를 횡단했다. 그렇게 3, 40분쯤 살펴보고 난 뒤에야 제 일을 시작하던 유수였다.

"힘들면 곧장 나와야 해. 알았지?"

엄마는 유수에게 단단히 다짐을 받고 방을 나갔다. 유수는 자신의 SNS에 로그인을 했다. 그러고는 화들짝 놀라 한 손으로 입을 막았다. 비명이 터질 것 같았다.

유수의 SNS에 까만 리본이 가득했다. 인터넷상의 많은 친구들이 유수의 명복을 빌어 주고 있었다. 써버 콘서트를 보러 서진홀에 간다고 한껏 들떠 올린 글을 마지막으로 업데이트를 하지 않아서 죽은 줄 안 모양이었다. 유수는 무엇부터 손을 대야 할까 잠깐 생각했다. 그리고 이내 글쓰기 버튼을 눌렀다.

– 나 멀쩡해! 살아 있어!

그냥 올리기 멋쩍어 유수는 문장 끝에 웃는 이모티콘 세 개를 붙였다.

짧은 문장을 업로드 한 뒤, 유수는 타임라인에 올라온 다른 글들을 읽기 시작했다. 그런데 글의 뉘앙스가 영 이상했다. 유수의 SNS는 팬 활동을 위해 만든 계정이라 친구를 맺은 계정도 대부분 비슷한 사람들이었다. 타임라인은 늘 써버와 관련된 기분 좋은 소식들로 꽉 채워졌다. 그런데 한 달여 만에 찾은 SNS에는 써버를 향한 악성 댓글로 도배가 되어 있었다. 믿을 수 없어 유수는 고개를 휘휘 저었다. 그러면서도 눈으로는 도배되어 있는 글을 읽었다.

– 400명의 팬을 죽음으로 몰고 간 써버!
– 자기만 살아서 도망가고, 팬들은 죽게 놓아두고!
– 그렇게 살아서 음악 하면 뭐 하나?
– 돈벌레, 돈충이, 써버.

속이 부글부글 끓었다. 여러 번 옮겨진 글이라 처음에 글을 쓴 이가 누군지 알 수 없었다. 어쨌든 터무니없는 주장이었다. 유수는 이를 악물고 다시 자기 계정으로 돌아갔다.

─ 써버도 피해자다. 팬들과 함께 뜻깊은 시간을 보내려고 했던 써버는 힘들게 준비한 공연을 보여 주지도 못했다. 그곳에서 써버의 공연을 기다리는 동안, 우린 모두 행복했다.

공연장에서 새어 나오는 리허설 소리를 들으며 행복에 겨워 어쩔 줄 몰라 하던 우리였다. 후텁지근한 공간에서도 우리는 써버 이야기로 즐거웠다. 펜스를 잡기 위해 숨 가쁘게 뛰어가면서도 마냥 신이 났다. 펜스를 잡고 손을 흔들던 서연이의 해맑은 얼굴. 그 얼굴을 떠올리자 숨이 막혔다. 사람들에 떠밀려 어디론가 풀썩 떨어졌을 때의 느낌이 고스란히 살아났다.

유수는 가슴을 틀어쥐고 자리에서 일어섰다. 하지만 다리에 힘이 들어가지 않았다. 그날처럼 털썩. 유수는 방바닥에 주저앉았다. 엄마가 방문을 발칵 열고 방으로 들어왔다. 그리고 응급실 문 앞에서처럼 유수의 이름을 애타게 불렀다.

"양 한 마리, 양 두 마리……."

엄마가 유수를 침대에 누이고 양을 세기 시작했다.

유수의 숨소리도 차츰 제자리를 찾았다.

19

집 앞으로 소혜가 찾아왔다. 학교까지 함께 가자고 했다. 엄마가 소혜에게 부탁을 했나 싶었다. 유수는 여전히 엄마에게 걱정거리였다.

"너 시험은 어떻게 할 거야?"

학교로 가는 길에 소혜가 물었다. 그러고 보니 곧 기말고사였다. 중간고사 끝나고 봄꽃을 구경한 것까지는 기억나는데, 그 뒤로는 계속 겨울 같은 느낌이었다. 그런데 뜨끈뜨끈한 여름 기운이 온몸으로 훅 느껴지면서 서진타운이 떠올랐다. 그날, 거기도 무척 더웠다.

유수는 두 눈을 슴벅이며 허리를 곧추세웠다. 다른 길로 향하는 생각을 붙잡아 와야 했다. 지금은 소혜랑 기말고사 이야기를 하고 있었다.

"계속 병결이었으니까, 어떻게 하면 되느냐고 담임 선생님한테 물어봐."

"울 엄마가 얘기해 주래?"

걸음을 맞추며 유수가 피식 웃었다. 소혜는 아니라며 손을 저었다.

"다음 주 금요일부터 시험인데, 어떻게 하나 걱정돼서 그래."

소혜의 말에 진심이 묻어났다. 유수는 학교에 도착하자마자 담임 선생님을 찾아갔다. 선생님은 병결이었으니 중간고사의 80퍼센트 점수로 맞춰 줄 수 있다고 했다. 그렇게 하면 내신은 폭삭 떨어질 거였다.

"지금부터라도 공부해서 시험 봐도 돼."

선생님은 부드럽게 제안했다.

유수는 자신이 없었다. 지난 한 달은 공부에서 아예 손을 놓은 시기였다. 지금도 공부를 하기에는 머릿속에 구멍이 너무 많았다. 집중하지 못할 거였다. 이 상황이 엄마에게 너무 미안했다. 엄마는 유수 때문에 일까지 그만뒀는데 유수의 상태는 별로 좋아지지 않았다.

'지금부터라도 신경 써서 공부하면 한 달 동안 까먹은 걸 채울 수 있을까?'

아무래도 안 될 것 같았다. 유수는 엄마에게 미안하다는 문자라도 보내야겠다 생각했다.

교실에 돌아와 휴대폰을 보는데, 문자 메시지가 몇 개 들어와 있었다. 그중에는 보미가 보낸 것도 있었다.

– 너 SNS에 뭔 소리를 써 놓은 거야?

갑자기 왜 이런 문자를 보낸 건지 궁금했다. 유수는 SNS에 들어가려다 다음 문자 메시지부터 확인했다.

– 계정 폭파시켜라! 언니 말 꼭 들어라!

  무슨 문제가 있는 거였다. 유수는 얼른 SNS에 접속했다. 유수의 얼굴이 단박에 일그러졌다. 옆자리의 희근이가 고개를 삐죽 내밀고 유수를 살폈다. 얼른 휴대폰을 끄고, 가방에 밀어 넣었다. 가슴이 요란하게 쿵쿵거렸다. 수업이 시작됐지만 머리가 핑 돌아 참을 수 없었다. 결국 유수는 수업 시간 내내 보건실에 누워 있었다.

– 미친년, 친구가 죽어서 행복해 죽겠나 보네.
– 행복했다니, 죽은 친구가 하늘에서 땅을 치겠구나.
– 써버 빨려고 친구 팔아먹는 것.

  잠깐 본 글귀들이 눈앞에서 맴돌다가, 유수를 향해 마구 달려들었다. 어지러웠다. 그날, 응급실 복도에서 느꼈던 어지럼증이랑 비슷했다.
  '그게 아닌데…….'
  스르르 눈물이 흘렀다. 보건 선생님이 흘깃 유수를 보고는 병원에 가 보겠느냐 물었다. 얼른 고개를 저었다. 엄마를 또 걱정시킬 순 없었다.
  '왜 다들 써버 잘못으로 몰아가려고 하지? 진짜 잘못한 사람들

은 따로 있잖아.'

아무 말도 않고 물러나 있으니 이 꼴인 것 같았다. 갑자기 분하고 억울한 마음이 치받았다.

유수는 가만히 눈을 감았다. 우선은 머릿속을 차분하게 정돈할 필요가 있었다. 그러다 미처 확인하지 못한 문자 메시지가 있다는 게 떠올랐다. 유수는 자리에 누운 채 휴대폰을 열었다.

−세상에 내 편만 있으면 참 좋을 텐데, 세상에는 내 편 아닌 사람이 더 많다.

알 수 없는 번호가 보낸 문자 메시지였다.

'내 편 아닌 사람……'

문자를 보자마자 SNS에 올라왔던 악성 댓글들이 떠올랐다. 내 편 아닌 사람. 글을 단 그들이 바로 그랬다.

'내가 악플 때문에 이렇게 힘들어야 할 이유가 있을까?'

이 메시지를 보낸 사람도 내 편 아닌 사람들의 말 한마디 때문에 힘들어할 수 있었다.

유수는 알 수 없는 번호에 답을 보냈다.

−내 편 아닌 사람은 잊어도 돼. 내 편만 생각해도 돼. 그래야 우리 힘낼 수 있어.

유수는 자기가 보낸 문자를 다시 한 번 읽었다. 적당히 맞는 말 같았다. 곧장 휴대폰의 전원을 꺼 버렸다. 유수의 SNS에서 득시글거리는 악성 댓글은 전부 무시해도 되는 남의 편이었다. 지금은 남의 편까지 챙길 만큼 여유롭지 않았다. 휴대폰을 베개 아래에 밀어 넣고 눈을 감았다. 그러다 잠깐 잠이 든 모양이었다.

"유수야, 괜찮아?"

엄마 목소리가 들렸다. 유수는 엄마를 올려다보았다.

"언제 왔어?"

"방금. 잤어?"

엄마가 유수의 머리카락을 쓸어 넘기며 부드럽게 물었다. 엄마의 얼굴에 핏기가 보이지 않았다. 유수가 보건실에 누워 있다는 연락을 받고 놀라 달려온 것이었다. 유수의 일이라면 열 일 제쳐 놓고 달려오는 사람. 유수는 엄마가 '내 편'이라 참 좋았다.

유수는 엄마를 바라보며 빙시레 웃었다. 잠깐이었는데, 잘 잔 것 같았다. 이렇게 푹 잔 건 사고가 나고 처음이었다.

"다음 주에 기말고사래."

보건실을 나서며 유수가 말했다.

"그렇겠지."

엄마는 아무렇지 않은 듯 유수의 말을 들어 넘겼다. 유수는 말 없이 엄마를 보았다. 엄마가 창밖으로 고개를 돌렸다.

"사람들 죄 반소매 입고 다니잖아. 부채질하는 사람도 있고, 건물마다 에어컨도 빵빵하게 틀고, 장마철도 지났고, 방송마다 휴가철 얘기가 나오는데 곧 기말고사겠지. 그 정도도 엄마가 몰랐을 것 같아?"

학원 선생님이었으니까, 아빠는 고등학교 선생님이니까 모를 수가 없었다.

"하는 수 없지. 다음 학기에 신경 쓰자."

엄마가 유수의 어깨를 두드렸다. 엄마는 역시 '내 편'이었고 유수는 진짜로 내 편을 위해 힘을 내야 했다.

"엄마, 나 수업 듣고 갈게."

교실 뒷문 앞에서 유수가 씩씩하게 말했다. 엄마 눈에 걱정이 스몄다. 유수는 괜찮다며 주먹을 쥐어 보였다. 엄마는 발짝이 떨어지지 않는지 한참을 교실 앞 복도에 서 있었다.

유수는 귀를 쫑긋 세우고 수업을 들었다. 달게 자고 난 뒤라 선생님의 말이 귀에 쏙쏙 들어왔다. 머릿속이 맑아진 듯했다.

점심시간에 엄마가 챙겨 준 도시락을 들고 소혜를 찾아갔다. 그리고 함께 급식실로 가서 나란히 자리를 잡았다. 오랜만에 급식실에 있으니 보미와 서연이의 빈자리가 성큼 다가왔다. 순식간에 몸과 마음이 굳는 것 같았다. 정신을 바짝 차려야겠다고 다짐했다. 유수는 입술에 힘을 주고 소혜에게 말했다.

"내 SNS 난리 났다!"

"그걸 뭐 하러 봤어?"

소혜도 알고 있었다.

"내 계정인데 내가 보면 안 될 이유가 있어?"

속은 시끄러웠지만 유수는 아무렇지 않은 척 담담하게 말했다.

"……괜찮아?"

"안 괜찮아!"

유수는 엄마가 싸 준 초밥을 야무지게 입에 넣었다. 새콤달콤한 맛이 입안 가득 퍼졌다. 소혜는 눈을 동그랗게 뜬 채 아무 말도 없이 유수만 바라보았다. 유수가 힘없이 미소 지으며 말했다.

"나 또 들어가서 글 남길 거야."

"뭐라고?"

소혜가 화들짝 놀라 목청을 키웠다. 옆자리 아이들이 놀란 얼굴로 소혜와 유수를 흘겼다. 소혜가 몸을 바짝 낮추고 유수에게 속삭였다.

"그냥 가만있어. 좀 지나면 잠잠해질 거야."

"싫어!"

유수의 목소리는 차돌처럼 단단했다. 소혜는 할 말을 잃은 듯 멍한 표정이었다.

"가만히 있으니까 정말 잘못한 줄 알잖아. 바로잡아야지."

"강유수! 진짜야? 할 수 있겠어?"

유수는 강단 있게 고개를 끄덕였다. 소혜가 유수를 향해 엄지손가락을 들어 올렸다. 괜히 비장해진 것 같아 조금 창피했지만 기분이 나쁘진 않았다. 싸움을 선포하고 나니 힘도 불끈 솟았다. 잘못된 것은 바로잡아야 했다. 그게 맞는 거였다. 아직 무엇을 어떻게 해야 할지 알 수는 없지만 작은 것부터라도 고쳐야지 싶었다. 그 첫 단추가 SNS 속 보이지 않는 손가락들과의 싸움이었다.

집으로 돌아와 소혜에게 했던 다짐을 엄마에게 털어놓았다. 엄마는 마음을 놓을 수 없는 듯 안절부절 초조한 기색이 역력했다. 유수는 걱정 말라며 엄마의 손을 잡았다. 엄마가 엷게 미소를 지었다.

유수는 인터넷에서 서진타운 붕괴와 관련된 기사를 검색했다. 기사를 읽으며 속은 또 시끌시끌해졌다. 돈 많은 회장과 사장의 욕심이 아무것도 모르는 사람들의 목숨을 빼앗아 갔다. 건물이 무너질 줄은 몰랐다는 회장과 사장의 변명이 너무나도 뻔뻔해서 가슴에 불이 났다. 자기들 재산이 사라졌으니, 자기들도 분하고 원통하다는 말에는 기가 막혀 할 말이 없었다. 회장과 사장의 욕심에 놀아난 공무원과 건축 시공 담당자 들도 찢어 죽이고 싶도록 미웠다.

"진짜 잘못한 건 이 사람들이야!"

엉뚱한 사람이 상처를 받아서는 정말 안 되는 거였다. 유수는 붕괴의 원인이 정리된 기사를 클릭해서, 자신의 SNS 계정으로 옮겼다. 그리고 한 줄 덧붙여 적었다.

– 진짜 잘못한 사람이 누구인지 두 눈 똑바로 뜨고 확인해야 한다.

누가 뭐라고 하든 상관없었다. 유수는 피해자였다. 숨어서 쩔쩔매며 아파야 하는 사람은 결코 아니었다.

20

유수는 교복을 입은 채로 초조하게 창밖을 바라보았다. 무성하게 솟은 느티나무 이파리가 햇살에 반짝였다. 바람 한 점 없는 모양이었다.

"마실 거라도 줄까?"

손빨래를 마치고 욕실에서 나온 엄마가 손에 묻은 물기를 탁탁 털었다. 유수는 고개를 저었다. 곧 소혜가 올 거였다.

오늘은 일조여자고등학교의 여름 방학이 시작되는 날이었다. 1학기 성적표가 나오는 날이면서, 동시에 서연이의 49재를 지내는 날이기도 했다.

"가서 뭘 어떻게 해야 해?"

허공을 보며 유수가 물었다.

"특별하게 할 게 뭐 있어. 그냥 잘 보고, 인사하고……."

엄마가 말을 마치기도 전에 초인종이 울렸다. 엄마의 근심 어린 눈길을 받으며 집을 나섰다.

"성적은 잘 나왔어?"

1층 현관 앞에서 유수가 소혜에게 물었다. 축 가라앉은 기분을 들키기 싫어 목소리를 한껏 높였다.

"노노, 성적 얘기는 꺼내는 게 아니지."

소혜도 적당히 장단을 맞추며 생글생글 웃음을 보였다. 하지만 소혜의 가슴에도 구멍이 있었다. 뜨거운 태양 아래에 서 있어도 서늘한 바람이 드나드는 게 눈에 보였다. 유수는 멋쩍게 웃고 소혜와 걸음을 맞췄다.

유수는 기말고사를 포기했다. 공부할 양은 많고 시간은 부족했다. 까딱 잘못했다가는 중간고사의 80퍼센트 성적도 받기 어려울 듯했다. 엄마도 서두르지 말자고 다독였다.

"교복, 괜찮을까?"

버스를 기다리며 소혜가 물었다.

"다른 옷 입기도 그렇잖아."

"국화 같은 거라도……."

유수도 생각은 했었다. 하지만 먼저 떠난 친구를 위해 국화를 준비하고 싶지 않았다. 국화를 내밀면 정말로 멀리 떠나보내야 할 것 같았다.

"나도 사 가기 싫어."

유수가 입을 꾹 다물고 있자 소혜가 딴청을 부렸다. 마침 추모 공원으로 가는 버스가 다가왔다.

"서연이네랑 같이 갈 걸 그랬나?"

버스 안에 붙은 노선표를 확인하며 소혜가 중얼거렸다. 유수는 말없이 고개를 돌렸다. 아무리 아무렇지 않은 척하려고 기를 써도, 안 되는 건 안 되는 거였다.

아침부터, 아니 요 며칠 동안 유수는 무엇 하나 제대로 해내지 못했다. 기말고사 기간 내내 학교도 가지 않고 악플러와 손가락 전쟁을 벌였는데, 그마저도 잘되지 않았다. 서연이를 보내야 하는 날이 훌쩍훌쩍 다가온 탓이었다. 유수는 되도록 맑은 정신으로 서연이와 작별 인사를 하고 싶었다. 하지만 마음뿐이었다. 지난밤은 이리저리 뒤척이느라 잠을 설쳤다. 그 소리가 큰방까지 들렸는지 새벽 무렵에는 엄마가 베개를 끌어안고 와서 유수 곁에 눕기도 했다. 간단히 아침을 먹고, 교복을 입고, 서연이 만나러 갈 준비를 하면서도 몸은 자꾸만 허청거렸다. 마음이 가다듬어지지 않았다.

"안 가도 돼. 서연이도 이해할 거야."

보다 못해 엄마가 제안을 했다. 하지만 유수는 그럴 수 없었다.

유수는 말없이 소혜의 손을 잡았다. 소혜가 맞잡은 손에 힘을 주었다. 추모 공원에 닿을 때까지 둘은 아무 말도 하지 않았다.

추모 공원 2층 918호. 그럴듯한 주소까지 있었지만 서연이가 차지하고 있는 공간은 너무나 작았다. 가로세로 30센티미터쯤 되는 작은 유리방. 그곳이 17년을 살다 간 소녀의 공간이었다.

"계집애, 오늘 방학식 했어. 그래 봤자 보충 수업 받으러 다시 학교에 다녀야 해."

소혜가 종알종알 떠들었다. 목소리에는 울음이 차 있었다.

"우리 노래방 가야 하는데, 그치?"

말을 마치며 소혜는 결국 울음을 터뜨렸다.

방학식을 하는 날, 넷은 함께 맛집을 찾아다니고, 노래방에 들러 써버의 노래를 빽빽대며 부를 거였다. 하루쯤은 성적 고민 따위 산 너머 강 건너로 날려 버리고, 마치 세상 한가운데 넷밖에 없는 것처럼 신나게 둥둥 떠다닐 거였다. 어쩌면 넷이서 지하철을 타고, 서진타운 쇼핑몰을 찾아갔을지도 몰랐다. 그랬다면 서연이는 물감을 샀을지도…….

"우리 웃으면서 보내 주기로 했잖아."

유수가 입술을 깨물며 소혜를 달랬다. 유수의 얼굴에도 눈물이 들었다.

유수는 고개를 빤히 쳐들고 서연이 사진을 보았다. 눈을 갸름하게 뜬 채 활짝 웃고 있는 서연이는 참 밝고 고왔다.

"계집애, 남자 친구도 못 사귀어 보고……!"

보미가 있었다면 남자 친구 얘기를 줄줄 풀어놨을 거였다.

"미안해, 서연아."

유수는 고개 숙여 사과를 했다. 그리고 준비해 온 물감을 서연이의 공간 안에 밀어 넣었다.

"네가 왜 미안하냐. 잘못한 사람은 따로 있어."

유수를 바라보며 소혜가 힘주어 말했다. 요즘 유수가 늘 하는 말이었다. 유수는 한 걸음 물러나 서연이를 보았다. 서연이는 괜찮다고 말해 줄 것 같았다. 워낙 착한 아이니까. 그때, 누군가가 둘에게 다가왔다.

"와 줬구나."

서연이 엄마가 유수와 소혜의 손을 잡고는 힐끗 서연이 사진을 쳐다보았다. 그러고는 둘에게 말했다.

"너희들에게 부탁이 있는데……."

서연이 엄마는 말을 맺지 못하고 고개를 푹 떨구었다.

"말씀하세요."

"우리 집에 가 줄 수 있니?"

유수와 소혜는 동시에 고개를 끄덕였다. 서연이 엄마는 앞장서 주차장으로 갔다. 차 안에는 서연이 아빠와 동생 수연이가 있었다. 서연이 엄마와 함께 유수, 소혜가 나란히 차에 올랐다. 차는 금방 추모 공원을 빠져나왔다.

서연이 엄마가 음료수 두 병을 꺼내 유수와 소혜에게 내밀었다. 둘은 음료수를 받아 들고 가만히 있었다. 서연이 아빠는 운전만 했고, 서연이 엄마는 말없이 창밖만 봤다. 수연이는 휴대폰을 들여다보았다. 딱히 재미있어하는 표정은 아니었다. 서연이 집으로 가는 내내 차 안에는 라디오 디제이의 떠들썩한 목소리만 퍼졌다.

서연이 아빠는 일터로 돌아가고, 유수와 소혜는 서연이 엄마를 따라 집으로 향했다. 수연이는 피곤한 듯 큰방으로 쏙 들어가 버렸다. 장례식장에서 만났을 때와는 분위기가 또 달랐다. 그동안 무슨 일이 있었나 싶었다.

서연이 엄마는 찬물을 벌컥벌컥 들이마시고 부엌 안쪽에 있는 방문을 열었다. 유수와 소혜는 조심스레 방으로 들어갔다. 방문 맞은편 벽에 그룹 써버와 제이의 사진이 붙어 있었다. 여기가 바로 서연이 방이었다. 사진 아래쪽에는 이젤과 스케치북이 가지런히 놓여 있었다.

유수와 소혜는 한가운데 우뚝 선 채로 방을 둘러보았다. 책상에 낯익은 교과서와 교재 그리고 서연이가 좋아하는 소설가의 책 들이 줄줄이 꽂혀 있었다. 어느 하나 버릴 것 없는, 서연이의 흔적이었다.

"우리 이사 가려고."

서연이 엄마가 툭 말을 던졌다. 유수와 소혜는 아무런 대꾸도 할 수 없었다.

서연이 엄마는 옷장을 열고, 서연이의 교복을 꺼냈다. 하얗게 빛나는 여름 교복은 주름 하나 없이 깔끔했다.

"이 물건들을 가져가야 할지, 두고 가야 할지……."

서연이 엄마가 교복을 어루만지며 말을 흐렸다. 그러고는 속으로 울음을 삼켰다. 유수의 가슴으로도 꾸룩꾸룩 울음이 몰려왔다. 유수는 얼른 고개를 돌렸다.

10년이 넘도록 서연이가 머물렀던 공간, 그 흔적들이 몽땅 사라질 위기에 처했다. 어차피 주인을 잃은 공간이고, 주인을 잃은 물건들이니 사라지는 게 맞을 거였다. 그런데 마음이 편치 않았다.

서연이 집에서 서연이 공간까지 사라지고 나면, 이 세상에 서연이
라는 소녀가 살았다는 사실조차 없는 것이 되어 버릴 듯했다.

"꼭 가셔야 해요?"

유수가 조심스럽게 물었다.

"가고 싶지 않아."

서연이 엄마의 말은 처연했다.

"그런데 왜 가시려고요?"

이번에는 소혜가 물었다. 소혜도 서연이 흔적이 몽땅 사라지
는 걸 원치 않았다.

서연이 엄마가 고개를 푹 숙인 채 말했다.

"수연이라도…… 살려야겠어서……."

무슨 말인가 싶어 유수는 멀거니 서연이 엄마를 보았다. 서연
이 엄마가 젖은 얼굴을 닦고 고개를 들었다.

"수연이가 자기 잘못이라고, 밤마다 어찌나 울어 대는지 며칠
째 학교도 못 간다."

서연이 엄마의 얼굴이 불그죽죽했다. 마음고생이 꽤나 심한
모양이었다.

"학교에 가면 애들이 언니 얘기를 한대. 듣기 싫어서 뭐라고
하면 또 서진타운 얘기를 하고, 써버 얘기를 하고. 그때 콘서트
표 끊어 준 게 수연이었잖아. 그래서 버티기 힘든 모양이야. 어쨌
든 살아 있는 애는 살려야 하니까…… 이사를 갈 건데…… 이 방

에 있는 물건을 못 가져갈 것 같아."

서연이 엄마의 얼굴이 고통스럽게 일그러졌다. 큰딸을 잃은 아픔과 작은딸만큼은 멀쩡하게 살려야겠다는 의지가 머릿속에서 충돌하고 있는 듯 보였다. 서연이가 여기 있다면, 엄마에게 이사를 가라고, 자기는 잊고 수연이를 잘 돌봐야 한다고 부탁을 할 것 같았다. 서연이는 동생 수연이를 끔찍이 좋아했으니까.

"그런데 얘들아, 아줌마는…… 이 물건들을 버릴 수가 없구나."

서연이 엄마는 손수건으로 얼굴을 훔치고 유수와 소혜를 바라보았다. 유수와 소혜가 물건들을 챙겨 주기를 간절히 바라는 눈빛이었다. 유수는 고개를 푹 숙였다. 소혜가 얼른 유수의 손을 잡았다.

"아이고, 미안하다. 유수도 힘든데, 아줌마가……."

서연이 엄마가 허둥거리며 몸을 돌렸다. 유수가 얼른 입을 열었다.

"아니에요, 서연이 물건 챙겨야죠."

"부탁할 사람이…… 그리고 너희들이 가져가면 우리 서연이도 좋아할 것 같아서……."

서연이 엄마는 띄엄띄엄 힘겹게 말을 이었다. 유수는 고개를 끄덕였다.

서연이 엄마가 방에서 나가고, 유수와 소혜는 차근차근 물건을 꺼내기 시작했다. 갖고 갈 물건을 추리기 위해서였다. 서연이의 필통, 파일, 하트가 가득 찍힌 예쁜 봉투에 쓰다 만 스티커 뭉치까지. 하나하나 꺼낼 때마다 서연이의 웃음이 보이고, 목소리가 들렸다.

"왜 정리하시려는지 알 것 같다, 그치?"

소혜가 잔뜩 젖은 목소리로 물었다. 유수는 말없이 고개만 끄덕였다.

"이것 좀 봐!"

소혜가 서연이의 스케치북을 유수 앞에 내밀었다. 스케치북에는 고등학교 입학 무렵 함께 놀이공원에 갔다가 찍은 사진을 그대로 옮겨 놓은 그림이 있었다. 혀를 반쯤 내밀고 있는 유수와 양 볼에 빵빵하게 바람을 넣은 소혜 그리고 슈퍼맨처럼 한 팔을 든 보미와 정면을 향해 화살 쏘는 포즈를 취한 서연이 모습이 마치 그때처럼 생생하게 그려져 있었다.

"계집애, 이건 언제 그렸대?"

소혜가 혼잣말하듯 구시렁거렸다.

유수는 뚫어져라 그림을 보았다. 그림 속에서 서연이가 툭 튀어나올 것만 같았다. 도저히 갖고 있을 용기가 나지 않았다.

"이건 너 가질래?"

소혜는 두말없이 스케치북을 받았다. 혹시라도 보미가 갖겠다면 보미에게 주겠다는 말을 덧붙였다.

서연이의 물건을 정리하는 데는 꽤나 긴 시간이 걸렸다. 그러느라 저녁때가 된 줄도 몰랐다. 서연이 엄마가 둘에게 저녁을 먹자고 했다. 자그마한 식탁 한가운데에는 서연이가 평소 좋아하던 닭볶음탕이 있었다. 수연이는 보이지 않았다. 친구들이랑 놀다 오겠다며 나갔다 했다. 아무래도 마음을 잡지 못한 듯했다. 유수는 수연이가 걱정되었다.

"친구들이랑 어울려야 나아질 것 같아서 일부러 내보냈어."

유수의 마음을 읽은 듯 서연이 엄마가 입을 뗐다. 유수와 소혜는 식탁 앞에 나란히 앉았다.

"우리 서연이, 오래 기억해 줄 수 있을까?"

서연이 엄마가 찬찬히 말했다. 유수와 소혜는 눈을 동그랗게 뜨고 서연이 엄마를 보았다. 서연이 엄마는 둘을 제대로 쳐다보지 못했다.

"아줌마 욕심인 건 알아. 아는데……."

"기억할 거예요. 당연히!"

자꾸만 머뭇거리는 서연이 엄마의 말을 유수가 받았다. 서연이 엄마가 고개를 들었다.

"너희랑 제일 친했으니까, 적어도 너희들 기억에서만큼은 우리 서연이가 오래오래 남아서 행복했으면 좋겠어."

기억하기. 그게 과연 세상을 떠난 서연이에게 무슨 소용이 있을까. 하지만 유수는 오래오래 잊지 않고 기억할 거였다. 하고 싶은 일이 참 많았던 친구, 집안 형편 생각해서 자기 꿈을 잠시 미루었던 친구. 그 친구의 시간을 어른들의 욕심이 빼앗아 버렸다는 사실도 함께 기억할 거였다. 그게 살아남은 친구로서 유수가 할 수 있는 유일한 일이었다.

21

 네가 어렸을 때부터 항상 끌어안고 잤다는, 분홍색 토끼 인형을 내가 갖고 왔어.

 네 것을 갖고 온 건데, 네 인형을 보자마자 울 엄마가 울컥거렸어. 나도 어렸을 때 똑같은 인형을 갖고 있었대. 시골 할머니 댁에 갖고 갔다가 잃어버려서 울고불고 난리를 피웠다네. 나는 생각도 안 나는데. 울 엄마는 또렷이 생각난다며, 네 인형을 보고 마치 어린 시절의 나를 만난 듯 펑펑 울더라.

 사람의 기억이라는 게 그런 건가 봐.

 잊은 줄 알았는데, 어느 날 갑자기 번개 맞은 것처럼 번쩍 떠올라 선명해지는 것, 그래서 누군가의 가슴에 오래 남아 있을 수 있는 것.

 서연아, 네 엄마가 나에게 기대하는 것도 그런 거겠지? 되도록 많은 사람들이 너를 기억해 주길 바라서, 너의 손때가 묻은 물건들을 하나하나 넘겨주신 거겠지?

 네 가족은 이곳을 떠난대. 회색빛 가루로 뿌옇게 뒤덮인 도시, 구급차 소리가 요란하게 울리는 아스팔트 도로가 싫어서 흙냄새 풍기는 시골의 작은 마을로 옮겨 가신대. 봄, 여름, 가을, 겨울. 계절 따라 향기롭게 피어날 꽃나무를 바라보며 아마도 네 엄마는 네 생각을 하실 거야. 나이에 어울리지 않게 꽃나무를 좋아하던

너였으니까.

수연이 때문이라고 하셨지만, 사실은 네 엄마 자신도 살아야겠어서 가시려는 것 같았어.

네 엄마도 많이 지쳐 보이시더라. 몸 안에 물기가 몽땅 빠져나간 듯 푸석푸석해 보이는 네 엄마에게 이 도시에서 더 견뎌 보라고 말씀드릴 수 없었어. 어쨌거나 이 도시에서 초등학교, 중학교 시절을 모두 보낸 너니까, 어쨌든 이 도시 곳곳에 너와의 추억이 소중히 남아 있을 테니까, 이곳에 남아서 너를 함께 기억하자고 말씀드리고 싶었는데 그럴 수 없었어. 발길 닿는 곳마다 눈길 가는 곳마다 네가 떠오를 테니까, 네 엄마와 수연이가 얼마나 힘들겠어. 그래서 그냥 안녕히 가시라고 했어. 어디로 가는지 정확히 묻지도 못한 채 건강하시라고. 그리고 생각했어. 아마도 네가 지켜 줄 거라고. 그러니 어디에 계시든 건강하게 지낼 수 있을 거라고 그렇게 믿기로 했어.

'오래오래 기억해 줄래?' 부탁하는 네 엄마의 마음, 잊지 않을 거야.

사람이라는 게 망각의 동물이라고는 하지만, 또 잊기 때문에 살 수 있다고도 하지만, 나는 노력할 거야. 기쁘고 즐거운 순간 혹은 힘들고 어려운 순간에도 내가 너인 것처럼 기뻐하고 즐거워하며 힘들고 어려운 시간들을 버텨 낼 거야.

어렸을 때 나처럼 분홍색 토끼를 좋아했던 내 친구, 서연아!

그룹 써버의 노래에 흥분하고 제이의 목소리에 열광하던, 그것 조차 나랑 꼭 같던 내 친구, 서연아! 내 안에서 오래오래 함께 살자.

22

방학 내내 유수는 학원에 다녔다. 몸이 지치면 다른 생각이 비집고 들어올 것 같지 않아 스스로 선택한 학원행이었다. 하지만 학원에 온 힘을 쏟는 것은 엄청난 정신력과 체력이 필요했다. 이른 아침 집을 나가 학원에서 자습까지 마치고 돌아오면 밤 10시가 훌쩍 넘어 버렸다. 학교 다닐 때와 다를 바 없는 방학이었고, 덕분에 그 자리에 멈춘 듯 제자리걸음이 시간이 훌쩍훌쩍 지나 방학의 끝에 닿아 있었다.

"강유수, 나 왔다!"

개학을 하루 앞두고 보미에게서 연락이 왔다. 퇴원을 하고 보미는 불쑥 여행을 갔었다. 어디라는 말도 없고, 누구랑 같이라는 소리도 없었다. 잠깐 머리를 식히고 오겠다고만 했다. 휴대폰도 계속 꺼져 있었다. 유수는 탈 없이 돌아오라는 문자를 남겼다. 그리고 정확히 일주일 만에 보미에게서 다시 연락이 온 거였다.

유수는 소혜를 만나 보미네 집으로 향했다. 전화나 문자로 나누기에는 너무나 많은 일이 있었다며, 보미가 둘을 불렀다. 보미네는 유수네 집에서 버스로 세 정류장쯤 떨어진 주택가의 작은 빌라 2층이었다. 계단을 밟고 올라가자 활짝 열린 문 뒤로 겹겹이 쌓아 올린 이삿짐 상자가 눈에 띄었다. 유수와 소혜는 고개를 갸웃거리며 보미를 불렀다. 보미가 집 안에서 냉큼 튀어나왔다.

현관문 앞에서 셋은 "꺅!" 비명을 지르며, 어깨를 부둥켜안고 폴짝거렸다. 오래전에 헤어진 친구를 다시 만난 기분이었다.

"얼른 들어와, 에어컨 켤게!"

셋은 밖에서 한참 인사를 나눈 뒤에야 집 안으로 들어갔다. 집 안은 물건들로 어수선했다.

보미는 서둘러 현관문과 창문을 닫고, 에어컨 버튼을 눌렀다. 그러고는 냉장고에서 차가운 음료수를 꺼냈다. 오른발을 살짝 절룩이는 것 같았다.

"아직 덜 나은 거야?"

소혜가 보미에게 다가가 음료수가 담긴 쟁반을 받아 들었다. 보미는 고개를 까딱이며 소혜와 함께 거실로 나왔다. 셋은 바닥에 철퍼덕 앉았다.

"더 이상은 어려울 거래. 그래도 많이 티는 안 나잖아?"

보미는 동의를 구하듯 생글거리며 물었다. 유수의 마음 한쪽이 사르르 아파 왔다. 리의 백댄서가 되겠다던 보미의 꿈은 어떻게 될까. 다리를 깨끗이 고칠 수 없어 불쑥 여행을 갔다 왔나 싶었다. 그런 생각에 마음이 무거워졌다.

"이사 가?"

소혜가 집 안을 둘러보며 물었다. 보미는 또 고개를 끄덕였다. 이번에는 유수의 가슴에 쿵 소리가 울렸다. 서연이가 떠올라서였다. 보미까지 떠나면 어쩌나 싶었다. 유수는 쓸쓸해지는 기분을 감출 수 없었다.

"멀리 가는 건 아니야."

보미가 발랄하게 말했다. 그러고는 아무렇지 않은 얼굴로 쌓아 놓은 이삿짐을 바라보았다. 어쩐지 즐거워 보이지는 않았다.

"무슨 일 있어?"

소혜의 물음에 보미는 킥킥거리며 웃기 시작했다. 그리고 기막혀 죽겠다는 표정으로 유수와 소혜를 보았다.

"울 엄마랑 아빠 말이야. 같이 산대."

보미의 엄마 아빠는 보미가 초등학교 5학년 때 이혼을 했다. 자세한 내막은 알 수 없지만 보미의 말로는 아빠가 자꾸 사고를 치고 다녀서라고 했다.

"회사 그만두고 이 일 저 일 자꾸만 벌이고 다녔거든. 그래서 맨날 싸우더니 어느 날 갑자기 이혼을 하더라고. 나한테는 엄마랑 살라고 하고."

중학교 2학년 때 처음 만난 보미는 마치 남 이야기를 하듯 대수롭지 않게 부모님 이야기를 했었다. 그런데 지금 엄마, 아빠가 같이 살기로 했다는 사실도 별스럽지 않게 털어놓았다.

"어쩌다 같이 살게 됐는지 궁금하지 않냐?"

보미가 입술을 삐죽거렸다. 유수와 소혜는 빤히 보미를 보았다. 한곳을 응시하지 못한 채 보미의 눈동자는 자꾸 흔들렸다.

"아버지 일이 잘 풀리셨대?"

소혜가 물었다. 보미가 소혜를 똑바로 보더니 피식거렸다. 말도 안 된다는 듯.

"내 덕이야."

보미가 툭 말을 던졌다. 유수와 소혜는 눈썹을 찡그리며 보미를 보았다.

"내가 사고를 당해서 말이지. 오른발을 절룩절룩 절게 되었는데 말이지."

보미는 속에서 무엇인가 부글부글 끓어오르는 듯 보였다. 내뱉는 마디마디가 서늘했다. 그래도 유수와 소혜는 보미의 말을 끊지 못했다. 보미의 말에 가만 귀를 기울였다.

"그 덕에 보상금이라는 게 나왔단 말이지."

보상금 얘기는 전에도 들은 적 있었다. 죽은 사람과 크게 부상을 입은 사람에 한해서 서진타운 명의의 재산을 팔아 얼마간 보상을 해 준다 했다. 다행인지 불행인지 서진타운에서 들어 둔 보험이 있어 보상 처리에 도움이 된다고 했다. 보미가 딴 곳을 보며 말을 이었다.

"내가 엄마랑 살고 있지만 친권은 아빠한테 있어서 말이지. 보상금이 전부 아빠한테 돌아간다나 뭐라나."

"다친 건 넌데 왜 보상금이 아빠한테 가?"

소혜가 화들짝 놀라 목청을 높이며 물었다. 보미는 불안하게 눈동자를 굴리며 딴청 피우듯 말했다.

"미성년자라서 그렇대."

"와, 진짜 웃긴다!"

소혜가 콧방귀를 뀌며 보미의 말을 받았다.

"웃기지? 그런데 더 한심하게 웃기는 게 뭐냐면 말이지."

보미는 잠깐 말을 멈추고 길게 숨을 뱉었다. 아무렇지 않은 척하면서도 속내는 힘겨운 모양이었다.

"그놈의 돈 때문에 울 엄마랑 아빠가 다시 합친다는 사실이야. 크크크크."

보미는 배를 잡고 큭큭거렸다. 유수는 어째야 할지 알 수 없었다. 똑같이 배를 잡고 웃어야 할지, 아니면 왜 그러느냐고 화를 내야 할지 판단이 서지 않았다. 소혜도 마찬가지인 듯 멀거니 보미만 보았다. 둘의 반응이 마뜩잖은지 보미가 웃음을 멈췄다. 그리고 둘을 향해 똑바로 앉았다.

"돈이라는 게 엄청난 것 같아. 그 힘이 말이야. 죽이네 마네 싸우던 사람들을 찰싹 붙여 놨잖아."

"아빠랑 같이 사는 거 괜찮은 거야?"

소혜가 조심스레 물었다. 보미는 나쁠 것 없다고 했다.

"울 아빠가 돈을 못 벌어서 그렇지 심성이 나쁜 인간은 아니거든. 물론 이번에 보상금 문제로 엄마랑 악다구니하는 거 보면서 정나미가 뚝 떨어지긴 했지만."

보미의 말끝이 씁쓸하게 툭 떨어졌다. 마치 때 이른 바람에 이파리를 잃은 가지 같았다.

"엄마는 좋아하셔?"

유수의 물음에 보미는 고개를 휘휘 저었다. 그러고는 또 까르르 웃어 젖혔다.

"진짜 웃기지 않냐? 좋아하지도 않으면서 나한테 올 돈, 아빠 한테 간다니까 바락바락 싸우더니 돈 때문에 합친다잖아. 말도 안 돼."

보미는 여전히 혼란스러운 것 같았다. 아니, 지금의 상황이 마음에 안 드는 것 같았다. 유수 같아도 그럴 것이다. 유수는 손끝으로 거실 바닥을 긁었다. 아주 잠깐 적막이 흘렀다. 열일곱 소녀들 사이에서는 있을 수 없는 일이었다.

"그래서 여행 갔던 거야?"

불편한 적막을 소혜가 깨뜨렸다. 유수도 얼른 말을 붙였다.

"어디 갔었냐? 누구랑 갔었어?"

대답 대신 보미는 헛웃음을 지었다. 여전히 활기가 없었다.

소혜가 보미에게 바짝 다가가 앉더니, 달착지근한 목소리로 물었다.

"혹시 그 오빠랑 갔었냐?"

생각해 보니 그 오빠 이야기를 듣지 못한 지 꽤 된 것 같았다. 유수도 보미를 바라보며 눈을 반짝였다. 보미는 턱을 무릎에 고인 채 발가락을 만지작거렸다. 유수랑 소혜는 궁금했다.

"박보미, 진짜로 그 오빠랑 갔었어?"

소혜가 채근하는데 보미는 맥없이 고개를 저었다. 그러고는 등허리를 곧추세우고 빽 소리를 질렀다.

"진짜 짜증 난다. 그놈의 돈!"

이건 또 무슨 반응인가 싶었다. 유수랑 소혜는 눈을 마주치며 어깨를 으쓱 들었다 내렸다.

"그놈하고 헤어진 지 좀 됐다."

호칭이 험한 걸 보니 무슨 일이 있었던 모양이었다.

"그놈도 알고 보니까 돈 때문에 붙은 거더라고."

"돈?"

유수랑 소혜의 얼굴이 동시에 일그러졌다.

"보상금. 아, 지긋지긋한 보상금. 나하고는 아무런 상관 없는 그놈의 보상금!"

보미가 고래고래 악을 썼다. 소혜가 보미의 팔을 잡아끌었다. 그리고 자세히 이야기해 보라고 다그쳤다. 보미가 마음을 가라앉히고 입을 열었다.

"너희도 봤다시피 그놈은 많이 안 다쳤거든. 그래서 보상금이 적게 나왔나 봐. 참, 유수야, 넌 보상금 받았냐?"

보미가 생뚱맞은 질문을 던졌다. 유수는 멀뚱멀뚱 고개를 저었다. 병원에서 일주일가량 치료를 받고 나왔지만 보상금 이야기는 들은 바가 없었다.

"그날 사고 때문에 입원한 사람들한테는 다 나왔다던데. 넌 몰라?"

엄마나 아빠가 알아서 해결했을 것도 같았다. 어쨌건 모르는 일이었다. 보미가 고개를 주억거리더니 다시 입을 열었다.

"아무튼 그놈이 병원에 있는데, 보상금 처리해 주는 사람들…… 그 뭐더라…… 아, 손해사정인! 그런 사람들이 와서 얼마나 다쳤는지 확인하고, 나이랑 직업 같은 걸 쭉 알아 갔대."

"왜?"

유수랑 소혜가 동시에 물었다.

"나이랑 직업에 따라서 또 다친 정도에 따라서 나오는 돈이 달랐나 봐. 아무튼 그때 그놈은 휴학하고 거기에서 아르바이트를 하던 상태라, 생각보다 많이는 못 받았나 보더라고. 또 많이 다친 것도 아니었고. 그런데 병원에서 보니까 많이 다친 어린 학생들한테 보상금이 제법 크게 나오더라는 거지."

"그래서 너한테 접근했다는 거야?"

소혜가 잔뜩 성이 오른 목소리로 물었다. 보미가 고개를 끄덕였다.

"퇴원하는데 퍼뜩 내가 떠오른 거야. 아, 그 애는 많이 다쳤으니까 돈을 많이 받겠구나……."

"설마……!"

"진짜야. 보상금 때문에 엄마랑 아빠가 눈이 벌게져서 돌아다니는데 어찌나 보기 싫던지……! 기댈 사람이 그놈밖에 없는 것 같아서……."

보미가 말을 잇지 못했다. 울음이 차는 모양이었다. 소혜가 보미를 끌어안고 등을 토닥거렸다. 유수는 믿을 수 없었다. 그 사람 때문에 유수는 사고 현장에서 싸우는 가족들의 아픔을 들여다볼 수 있었다. 그런데 그런 사람이 보상금을 노리고 접근한 파렴치한이라니!

"갑작스럽게 연락 불통! 그 며칠 동안 내가 별의별 상상을 다 하면서 정말 500번쯤은 연락한 것 같은데!"

보미는 잠깐 숨을 멈추었다가 곧장 말을 이었다.

"겨우 연락이 닿았는데 한다는 말이, 너희 엄마 아빠랑 다 해먹어라! 이러더라고. 미성년자한테 직접 돈이 안 간다는 걸 생각했었어야 했는데, 자기가 생각이 짧았다나 뭐라나. 헛수고했다며 악담을 퍼붓는데 정말 기가 차더라."

보미의 눈가에 눈물이 비쳤다. 엄마 아빠 이야기를 할 때는 보이지 않던 눈물이었다. 길지 않은 시간이었는데, 보미는 그 남자에게 꽤나 의지를 한 모양이었다. 유수도 소혜 옆으로 다가가 보미의 등을 어루만졌다. 보미는 아이처럼 한참을 엉엉 울었다.

한참을 울고 난 뒤, 보미는 배가 고프다며 중국집에 전화를 걸었다. 유수랑 소혜는 매운 짬뽕과 탕수육을 시켰다. 보미는 가진 게 돈뿐이라며 허풍을 떨었다. 그 말이 웃기기도 하고 짠하기도 했다.

거실 바닥에 신문지를 깔아 놓고, 셋은 후루룩거리며 짬뽕을 삼켰다. 그날 3층 식당에서 먹었던 짬뽕이 불현듯 떠올랐지만 유수는 고개를 젓고 기억을 날려 보냈다.

"우리 셋이 같이 살면 어떨까?"

탕수육을 쩝쩝거리며 소혜가 물었다. 거실에 이삿짐 상자가 쌓여 있으니 그런 생각이 든 모양이었다. 유수는 소혜의 말에 엄마 얼굴이 떠올랐다. 유수가 집을 떠난다고 하면 엄마는 슬퍼할 거였다. 분명히.

"난 그랬으면 좋겠다!"

보미가 발을 동동 구르며 몸을 흔들었다. 유수는 괜히 미안한 마음이 들었다.

"엄마 아빠 없이 혼자 살 수 있다면 말이지."

보미가 먹던 단무지를 내려놓으며 엄숙하게 말했다.

"학교 다 때려치우고 법원 앞에 가서 살 거야."

"갑자기 법원은 왜?"

소혜가 두 눈을 슴벅거리며 보미를 보았다. 보미가 힐긋 유수를 살폈다.

"돈 많은 서진타운 회장님과 사장님, 어떤 벌을 받나 지켜보게!"

보미의 대답은 갑작스러웠다. 유수는 얼른 탕수육을 삼키고 보미를 보았다. 보미가 힘주어 말했다.

"내 생각에는 말이지. 아무래도 돈 많은 서진타운 회장님이랑 사장님은 돈 써서 금방 나올 것 같아."

"설마!"

소혜가 믿을 수 없다는 표정을 지었다. 유수도 소혜처럼 반응하고 싶었다. 하지만 보미의 말이 맞을 것 같았다. 텔레비전에서 보면, 돈 많은 기업체 사장님이나 정치인들은 감옥에 갔었다가도 금방 풀려나곤 했다. 그럴 때마다 엄마와 아빠가 혀를 끌끌차는 걸 수도 없이 봤었다.

"그걸 보려면 학교를 꼭 때려치워야 해?"

유수가 나직이 물었다. 보미가 생글거리며 말했다.

"두 눈 부릅뜨고 지켜봐야 하니까. 그게 얼마나 피곤한 일이겠니?"

장난스럽게 말했지만 보미는 진심으로 원하는 것 같았다.

"우리 두 눈 시퍼렇게 뜨고 꼭 지켜보자. 그 사람들 제대로 벌을 받는지!"

유수의 목소리에도 단단하게 힘이 들어갔다. 보미는 그런 유수를 정답게 바라보며 기막힌 제안 하나를 했다.

23

7년 10개월. 서진타운 회장과 사장이 감옥에서 보내게 될 시간이라고 했다.

만약 서연이가 사고를 당하지 않았다면, 스물다섯. 대학을 졸업하고, 사회생활을 시작할 나이. 어쩌면 서연이가 꿈꾸던 착한 남자를 만나 결혼을 생각하고 있을지도 모를 예쁜 나이였다. 그리 길지 않은 시간. 꼭 그렇게만 버티면 400여 명의 목숨을 빼앗아 간 건물 주인이 다시 세상에 나온다는 거다. 가슴이 터져 나갈 것 같았다. 유수는 숟가락을 급식실 식탁에 탕 내리쳤다.

"그 시간도 다 안 채우고 나올 거야! 이걸 어떻게 하지?"

보미도 시끄러운 속을 다스리지 못한 듯 두 눈을 번득였다.

"어른들은 어떻게 한대?"

소혜가 말한 어른들은 '피해자 가족 협의회'였다.

사고 현장 수습이 끝나고 피해자 가족들은 한데 모여 뒷일 수습에 나섰다. 유수랑 보미도 함께하고 싶었지만 나이가 어려 안 된다고 했다. 대신 유수와 보미의 엄마가 모임에 나갔다. 서연이 엄마는 모임에 나오지 않았다. 이처럼 사망자 가족 중에는 불참하는 사람이 많다고 했다. 엄마는 아예 잊고 싶기 때문에 그럴 거라고 했지만 유수의 생각은 달랐다. 이번 사고가 절대로 잊히지 않기를 바라는 사람이 그들일 거였다. 서연이 엄마는 딸의 물건을 건네며 오래오래 기억해 달라고 당부했었으니까. 다만 사고 현장을 오가며 죽은 이를 떠올리는 게 너무 고통스럽기 때문일 거라고 유수는 생각했다.

"그 사람들이 고의로 낸 사고가 아니라서 어떻게 할 방법이 없나 봐."

보미가 입을 삐죽이며 젓가락으로 밥알을 휘저었다. 밥맛이 뚝 떨어진 모양이었다.

"진짜 너무한다. 설계랑 시공 담당한 사람들도 얼마 안 살다 나온다며?"

"그뿐이냐. 설계 변경하도록 허가해 준 공무원들 중에는 그냥 벌금만 내고 나오는 사람도 있대."

유수는 들을수록 가슴이 답답했다.

1분도 안 되는 시간에 멀쩡한 건물이 무너지고, 400여 명이 목숨을 잃었다. 그리고 2천 명에 달하는 사람이 부상을 입고 고통 속에 살아가고 있다. 그런데 일을 그렇게 만든 사람들은 대형 건물 건축법 위반이라나 뭐라나 아무튼 그런 죄목으로 고작 7년 10개월 형을 받았다. 그러고도 그들은 피해자인 양 억울해했다. 그 꼴을 보기가 참 역겨웠다.

사람들은 하나둘 서진타운 붕괴 사고를 잊어 가고 있었다. 기사 한 줄, 뉴스 한 토막이 나와도 그러려니 했다. '아, 저 정도 벌을 받는구나!' 그렇게 당연시했다. 상관없는 사람들이니까 그럴 수도 있었다. 하지만 유수는 그날의 일이 잊혀져 가는 게 눈물 나도록 아프고 서러웠다. 그날, 거기에 간 사람이 바로 자신들일 수 있는데. 그날, 거기에서 죽어 간 사람이 자신들의 가족일 수도 있는데. 사람들은 눈을 감고 귀를 막고 다른 얘기만 떠들어 댔다.

"어른들이 모여서 계속 시위도 하고, 서류도 만들어서 민원도 넣고 할 거라는데……."

보미는 말끝을 흐렸다. 해 봤자 소용없을 거라는 생각이 밑바닥에 깔린 탓이었다. 유수도 보미와 다르지 않았다. 아무리 아우성을 쳐도 사람들은 모르쇠로 일관하려 했다. 그들은 언제까지 과거에 묻혀 살 거냐고, 빨리 털고 일어나 일상으로 돌아가야 이 나라가 산다고 목청을 높이기도 했다. 2학기가 시작되고 얼마 지나지 않아 엄마도 일터로 돌아가기는 했다. 유수가 학교에 다니기 시작했으니 엄마도 일상으로 돌아가는 게 맞았다. 하지만 유수도 엄마도 그 일을 모르는 척 눈감아 버린 건 아니었다.

식판을 치우고 셋은 화단 쪽으로 걸음을 옮겼다. 9월이고 일주일만 있으면 추석인데도 바람은 여전히 후끈했다. 계절은 아직 여름이었다. 6월이던 그날은 여름의 시작이었는데 같은 계절 안에서 너무나 많은 것이 달라져 버렸다.

"그 사람한테서 문자는 또 안 와?"

느티나무 아래에 자리를 잡으며 보미가 물었다. 그러고 보니 알 수 없는 번호가 조용했다.

─내 편이 사라지고 없다면……?

유수의 문자 메시지 뒤에 의문의 상대는 이런 문자를 보내왔다. 그때 유수는 서연이의 분홍색 토끼를 가지고 온 뒤였다. 그래서 그 기분을 십분 이해할 수 있었다.

─사라지고 없는 내 편을 위해서라도 버텨야 해. 사라지고 없는 내 편을 오래오래 기억해야 해. 그래야 내 편이 오래오래 남을 수 있어.

문자 메시지를 보내고 나서도 유수는 마음이 놓이지 않았다. 알 수 없는 상대가 어쩐지 나쁜 일을 저지를 것만 같았다. 유수는 불안함에 다시 문자를 보냈다.

─친구가 내 곁을 떠났어. 그 친구 엄마가 내게 부탁을 했어. 먼저 떠난 친구를 오래 기억해 달라고. 그래서 나는 결심했어. 먼저 떠난 친구의 몫까지 더 열심히 살겠다고. 내가 친구인 것처럼, 친구가 나인 것처럼.

그 뒤로 끝이었다.

"내가 잘못 보낸 걸까?"

문자 메시지를 들여다보며 유수가 중얼거렸다.

"열심히 살겠다는 문자를 보고 용기를 냈을 거야."

소혜가 유수를 위로했다. 그래도 유수의 마음은 편안해지지 않았다.

"이제 우리는 우리의 일을 합시다!"

보미가 축 처진 유수의 어깨를 톡톡 두드렸다. 그러고는 휴대폰을 열어 인터넷을 연결했다. 유수랑 소혜도 자리를 잡고 휴대폰을 열었다.

점심시간마다 유수와 보미, 소혜는 느티나무 아래에서 보이지 않는 적들과 싸움을 했다. 혼자서는 감당하기 힘든 내용들이 있어서, 셋은 셋이 함께할 수 있는 점심시간에만 댓글 싸움을 하기로 약속을 했다. 보미의 제안이었고 이후로 약속은 꾸준히 지켜졌다.

셋은 사실과 다른 글이 보이면 가차 없이 달려들어 정정을 요구했다. 글쓴이가 불편해하지 않도록 사실이 담긴 기사 글을 링크해 두기도 했다. 그러면 열에 여덟은 글을 수정하거나 삭제했다. 하지만 나머지는 꿋꿋이 잘못된 사실을 게시하고, 셋이 올려둔 글을 반박하며 욕을 퍼부었다.

"열흘이 넘도록 이러고 쫓아다니는데 어떻게 줄어들지를 않을까?"

보미가 푸념을 했다. 그래도 처음보다는 많이 나아진 거라고 대꾸하려다 유수는 헉! 숨을 멈췄다. 인터넷 포털 사이트의 실시간 검색어에 써버가 있었다. 보미랑 소혜도 놀란 눈으로 휴대폰을 들여다보았다.

실시간 검색어에는 써버 말고도, 리더 제이와 서진타운 그리고 컴백 등의 단어가 차례로 올라와 있었다. 셋은 놀란 가슴을 진정시키며 검색어를 클릭했다.

그룹 써버의 리더, 제이. 서진타운 붕괴 사고 100일을 맞아 디지털 음원 발표

기사의 제목은 거의 비슷했다.

"야, 이게 사실이냐?"

보미가 허둥거리며 써버 홈페이지로 들어갔다. 하지만 사이트는 트래픽 초과 상태였다. 엄청나게 많은 사람들이 홈페이지에 몰리고 있었다.

"100일이면 언제지?"

"다음 주 화요일."

휴대폰으로 기사를 살피며 유수가 말했다.

"디지털 음원 무료래. 드디어 돌아오는 건가?"

소혜가 눈물을 글썽이며 유수와 보미를 보았다. 오늘만큼은 늘 해 오던 그 일을 할 수 없었다. 갑작스럽게 들려온 써버의 리

더, 제이의 음원 발표 소식이 셋의 영혼을 송두리째 빼앗아 갔다. 기쁘고 감격스러우면서 한편으로는 불안하고 슬펐다. 서연이 생각이 머릿속을 가득 채웠다. 서연이가 있었다면 얼마나 좋아했을까. 서연이는 제이의 목소리를 유수만큼이나 좋아했다.

"계집애, 울지 말자!"

보미가 유수의 손을 잡았다. 유수는 자기도 모르게 흘러내린 눈물을 쓱 닦았다.

"악플 엄청 달린다……."

소혜가 휴대폰을 들여다보며 한숨을 뱉었다. 유수와 보미도 기사 댓글을 열었다.

소혜 말대로 써버의 디지털 음원 발표 기사에는 어마어마한 양의 악성 댓글이 달리고 있었다. 팬들 죽여 놓고 돈 벌 궁리만 한다는 둥 죽은 팬들에게 위로금을 지급하라는 둥 말도 안 되는 것들이 대부분이었다. 어떤 이는 제이에게 무너진 서진타운 현장에 가서 죽으라고 했다. 보이지 않는다고, 또 아는 사이가 아니라고, 사람들은 상대방에게 상처가 되는 말을 너무나 아무렇지 않게 토해 냈다. 보미는 어깨를 한번 쫙 펴더니 댓글을 달기 시작했다.

─무료란다. 돈 벌 궁리하는 게 아니라고.

─써버가 잘못한 것도 아닌데 왜 써버한테 난리야?

소혜와 유수도 달려들어 댓글을 달았지만 역부족이었다. 셋이 댓글을 하나씩 다는 동안 수십 개의 악성 댓글이 쭈르르 올라왔다. 도저히 따라잡을 수 없는 속도였다. 셋은 고개를 절레절레 저으며 창을 닫았다.

"어차피 각오하고 나오는 걸 거야."

보미의 말에 유수와 소혜도 고개를 끄덕였다. 셋은 멍하니 자리를 지키고 있다가 뿔뿔이 교실로 흩어졌다.

써버의 음원 발표 소식은 교실에서도 화제의 중심이었다. 어떤 노래일까 궁금해하는 애들부터 포털 사이트의 악플러처럼 좋지 않은 소리를 해 대는 애들까지 천차만별이었다.

유수는 눈을 꼭 감고 마음을 가라앉혔다. 시간 따위 흐르거나 말거나 상관도 없었는데 유수의 마음이 급해졌다. 빨리 제이의 노래를 듣고 싶었다.

"오늘 저녁 6시지?"

써버의 무료 음원 발표가 예정된 화요일 점심시간이었다. 셋은 어김없이 느티나무 그늘 아래에 모였다. 오늘도 인터넷 포털 사이트에는 써버와 제이의 이름이 화제의 검색어로 계속 올랐다. 그리고 또 하나. '내가 너인 것처럼'이라는 검색어가 상위권에 있었다. 제이의 노래 제목이었다. 검색어를 보는 순간 유수의 심장은 자갈길을 달리는 자전거처럼 덜거덕거렸다.

"어떤 노래일까?"

궁금해 견딜 수가 없었다. 하지만 제목 말고는 어떠한 정보도 나온 것이 없었다. 셋은 저녁 6시가 되기를 손꼽아 기다렸다.

저녁 급식을 먹고 야간 자율 학습 1교시가 막 시작될 무렵이었다.

유수는 떨리는 손으로 이어폰을 꽂고, 음악 사이트에 접속했다. 사이트 첫 화면에 써버를 상징하는 색깔인 은회색 바탕에 'J'라는 영문 이름이 큼지막하게 적힌 앨범 커버가 드러났다. 유수는 숨을 크게 들이마셨다가 내쉬고 커버를 클릭했다. 노래 제목 하나가 덩그러니 떴다.

'내가 너인 것처럼'

유수는 천천히 재생 버튼을 눌렀다. 기타 소리가 잔잔하게 울렸다. 그리고 여린 듯 강렬한 제이의 음색이 퍼졌다.

그날, 거기에서
갑자기 사라져 버린 너
그날, 거기, 내 눈앞에서
스러져 버린 너
너를 잡지 못해서
너를 찾지 못해서
나는 매일 울었어
미안해, 미안해 외쳤어

모든 게 내 잘못이었지

하필 그날, 거기로 너를 불렀을까

너를 놓쳐 버려서

나도 떠나려 했어

그때 문득 들린 말

남아 있는 내 편을 생각해

떠난 너를 기억해

내가 너인 것처럼

네가 나인 것처럼

사랑해, 사랑해 외치며

나는 다시 일어나

너를 위해 다시 노래해

교실 여기저기에서 훌쩍거리는 소리가 들렸다. 혹시라도 누군가에게 피해가 될까 봐 한껏 숨죽인 울음소리. 그중에는 유수도 있었다.

유수는 제이의 노래를 다시 한 번 들었다.

'너를 잡지 못해서 너를 찾지 못해서…… 미안해, 미안해 외쳤어. 모든 게 내 잘못이었지…… 너를 놓쳐 버려서 나도 떠나려 했어. 그때 문득 들린 말, 남아 있는 내 편을 생각해……'

노랫말을 곱씹으며 듣고 있는데, 보미가 소혜와 함께 있는 단체 채팅방에 글을 올렸다.

- 유수가 한 말이야!

보미의 메시지에 소혜도 같은 반응을 보였다. 유수도 무시할 수는 없었다.

유수는 알 수 없는 번호와 주고받은 문자 메시지를 열었다. 거기에 제이의 노랫말과 비슷한 단어들이 고스란히 남아 있었다.

'이게 어떻게 된 거지?' 생각한 순간 알 수 없는 번호가 새로운 메시지를 보내왔다.

- 내 편, 내가 만든 음악, 듣고 있니?

24

서진타운 붕괴 사고 이후 자취를 감췄던 그룹 써버의 리더, 제이가 새로운 음원을 들고 팬들 앞에 나타났다. 사고 이후 100일. 그동안 그룹 써버와 제이는 무엇을 하며 어떻게 지냈는지 음악 전문 매거진 〈M〉에서 만나 보았다.

M 실로 오랜만에 팬들 앞에 나타나셨는데요. 그동안 어떻게 지내셨나요?

J 처음에는 병원에 있었어요. 그러다 퇴원을 하고는 무엇을 어떻게 해야 좋을지 판단이 되지 않아 방황을 좀 했지요.

하얀 셔츠에 물 빠진 청바지를 입고, 그의 트레이드 마크라 할 수 있는 빨간 비니를 눌러쓴 제이는 사고 이전처럼 하얗고 말간 얼굴이었다. 마음고생이 심했던 듯 조금은 야윈 그에게 사고 당일의 기억을 떠올리게 하는 건 몹시 미안한 일이었다. 하지만 사고 이후 첫 만남이니만큼 그날, 그곳의 이야기부터 시작해야 했다. 다행히 제이도 〈M〉의 질문에 선뜻 입을 열어 주었다.

J 당일, 서진타운 서진홀에서의 공연은 그룹 써버의 데뷔 3주년을 자축하는 자리였어요. 그래서 관객도 팬클럽에 가입한 회

원들로 한정을 지었고, 공연장도 규모는 크지 않지만 음향 시설이 뛰어난 곳으로 잡았지요. 가족 같은 팬클럽 회원들이랑 비교적 작은 공간에서 함께 호흡하며, 오랫동안 큰 사랑을 나눠 준 팬들에게 고마움을 표현하고 싶었거든요. 그런데 하필…….

제이는 말을 잇지 못했다. 그날을 떠올리는 게 여전히 아픈 모양이었다. 제이에게는 위로가 필요했다.

M 서진홀은 규모는 작지만, 음향 시설과 무대 장치가 최고인 곳으로 알려져 있죠. 그래서 유명 아티스트들도 공연을 한 곳이고요. 그러니까 그곳에서 그런 사고가 일어나리라고는 써버도 예측하기 어려웠을 거예요.

J 공연이 있던 날, 오후 2시 무렵에 저희도 서진홀에 도착했어요. 그때 에어컨이 고장 나서 수리 중이라는 얘기를 들었고, 그래서인지 좀 더웠습니다. 스태프들이랑 상의해서 에어컨 수리가 어느 정도 진행됐는지 알아보고, 공연장 내부만이라도 시원하게 만들 수 있는 방법을 찾아보려고 매우 분주했어요. 저희는 공연 시작 시간에 맞춰 리허설을 마치고, 무대 뒤쪽에서 메이크업을 손보고, 무대에 오를 준비를 하고 있었습니다.

M 공연 시작 직전에 사고가 있었던 거지요?

J 네, 만약 저희가 무대에 올라간 뒤에 사고가 있었다면, 저희도 이 세상에 없었을 겁니다. 불행인지 다행인지 무대에 올라갈 준비를 하느라고 대기실 쪽에 있었는데, 대기실이 마침 서진타운 뒷문 바로 앞이었어요.

M 그래서 붕괴 사고가 일어나자마자 바로 피신할 수 있었던 거군요?

J 따로 피신하지는 않았습니다. 엄청난 바람이 불었어요. 공연장 안쪽에서부터 바깥쪽을 향해서 마치 회오리바람 같은 것이었어요. 그때 바람에 쓸려서, 뒷문 쪽으로 튀어 나갔던 것 같습니다. 순식간에 회색 가루가 눈앞을 가렸고, 가까이에 있던 스태프들이 사방에서 일어나 저희들을 챙겼습니다.

M 결국 무대에 오르지도 못한 채 사고를 당한 건데요. 그날 이후 어떤 기분이셨는지요?

J 처음에는 무슨 일인지 알 수가 없었어요. 이게 뭔지 알아보고 싶었는데, 어쩔 도리가 없는 상황. 스태프들도 모르고, 멤버들도 그때는 눈에 띄지 않았어요. 그래서 뭘 어찌해야 할까 어리둥절해 있는데 구급차가 왔어요. 그리고 어디에서 나타났는지 매니저가 다가와서 저를 구급차에 태웠어요. 병원에 가서 치료를 받다가, 붕괴 사고 소식을 제대로 들었고요. 그때의 참담함, 비참

함……. 무엇보다 죄책감이 매일매일 저희를 짓눌렀습니다. 목숨을 잃은 분들 대부분이 저희 공연을 보러 오신 분들이었으니까요. 인터넷에서도 난리였던 거, 아시죠? 정말 살고 싶지 않았습니다.

〈M〉은 그날 이후 인터넷 세상을 지배했던 '써버 추방 운동'을 떠올렸다. 그때 세상은 400여 명의 목숨을 앗아 간 범인으로 써버를 지목하기도 했다. 데뷔 3주년을 자축하며, 팬클럽 회원들을 초대해 작은 콘서트를 열려고 했던 써버의 순수한 의도는 철저히 외면받았다. 〈M〉은 힘겹게 말을 이어 가고 있는 제이에게 사과를 했다. 그때 〈M〉은 나서서 써버를 보호해 주지 못했다. 그때 〈M〉은 말을 아낌으로써 아무 소용 없는 죄책감을 써버에게 심어 주고 있었다.

 M 살고 싶지 않을 만큼 힘겨웠던 시간을 이겨 내고, 다시 세상에 나오셨습니다. 어떤 계기가 있었을까요?

 J 정말 죽고 싶었는데, 그것도 쉬운 일이 아니더라고요. 어떻게 죽어야 할지 방법을 몰라서 난감해하다가……. 문자 메시지를 보냈어요.

 M 문자 메시지요?

J 그날 서진홀에 왔던 팬들에게요.

M 팬들에게 문자 메시지를 어떻게 보내요?

J 그날 서진타운 콘서트는 팬클럽에 가입된 회원에게만 기회가 주어진 팬미팅 콘서트였거든요. 그래서 그날 그곳에 왔던 관객들의 연락처가 회사에 다 있었어요.

M 그곳에 왔던 관객들에게 전부 문자 메시지를 보낸 건가요?

J 네, 그중에는 이 땅을 떠난 분들의 번호도 분명 있었을 테지만, 어쨌든 저는 저희 공연을 보러 왔던 팬들에게 사과를 하고 싶었습니다.

M 사과 문자를 보낸 건가요?

J 아니요. 조금 막연한 문자 메시지였어요. 보여 드릴까요?

제이는 〈M〉에게 휴대폰에 저장된 문자 메시지를 보여 줬다.

첫 번째 문자 메시지는 '세상에 혼자 버려졌다. 내 편은 모두 사라졌다. 나는 어떻게 살아갈 수 있을까. 나는 다시 살아갈 수 있을까.'였다.

M 굉장히 모호한 메시지였네요?

J 제 팬들에게 직접적으로 사과를 하는 것보다 궁금증을 주고 싶었습니다. 누구일까, 무슨 메시지일까……. 그러면서 조금씩 삶에 대한 호기심을 채워 가기를 바랐지요. 어차피 죽지는 못 하겠고 기왕에 살아야 한다면, 남아 있는 팬들에게 희망이라도 줘야겠다, 그런 생각을 했거든요.

M 희망을 줄 수 있는 메시지는 아닌 것 같은데요?

J 희망이라는 게 꼭 희망찬 메시지로만 전달할 수 있는 건 아니니까요. 다행히 제 모호한 메시지를 보고, 몇몇 분들이 답 문자를 보내주셨는데요.

M 제이라는 걸 알고 있는 분들이었나요?

J 아니요. 절대로 몰랐을 거예요. 저라는 힌트는 어디에도 넣지 않았으니까요. 간혹 전화를 걸어오는 분들도 있었지만 받지 않았어요. 그야말로 문자 메시지만 보내고 받을 수 있는 휴대폰이 된 거였죠. 그런데 팬들의 마음을 위로하고 싶어서 보낸 메시지에 오히려 제가 위로받는 느낌이었어요. 그중에서도 어떤 팬이 보낸 문자 메시지가 있는데요.

제이는 어느 팬이 보내 준 문자 메시지를 보여 주었다.
'세상에 혼자는 없어. 마지막이라 생각되는 그 순간에도 너를

걱정해 주는 한 사람, 진짜 네 편이 가까이에 있을 거야. 차근차근 주위를 살펴봐.'

J 그때부터 제 가슴이 꿈틀거리기 시작했어요. 음악에 대한 열망 같은 것이 다시금 타오른 거예요.

M 팬을 위로하기 위해 보낸 문자 메시지를 통해서 다시 음악을 해야겠다는 열정을 찾게 된 거군요.
J 이번에 발표한 노래 '내가 너인 것처럼'도 그 친구의 문자에서 힌트를 얻은 거예요. 그 친구는 서진타운 붕괴 사고 현장에서 떠나간 친구를 생각하며 더 열심히 살 거라고 했거든요. 자기가 그 친구인 것처럼 살 거라고. 딱 이번 노래의 제목이 되었어요.

M 그 지점이 그룹 써버의 팬들을 포함한, 아픔을 겪고 있는 사람들에게 전하고 싶은 메시지였나요?

대답 대신 제이는 이를 훤히 드러내며 활짝 웃었다. 그렇다는 대답보다 명쾌한 미소였다.

J 지난 시간을 되돌릴 수 없는 것과 마찬가지로 떠난 사람도 되돌려 놓을 수 없습니다. 그래서 살아남은 사람에게는 숙제가

생기지요. 먼저 떠난 사람 몫까지 열심히 살아 내야 하는 숙제. 그리고 끝까지 기억해야지요. 내 곁에 있다가 먼저 떠나간 그 사람을 기억 속에서라도 생생하게 살려 낼 수 있도록. 그게 그 문자를 저에게 보낸 친구의 바람이었고, 저 또한 같은 마음이었습니다.

고작 100일이 지났을 뿐인데 제이의 얼굴은 무척이나 어른스러워져 있었다. 생각의 폭도 깊어지고 넓어진 것 같았다. 큰 사고와 함께 큰 희생을 겪은 뒤라 더 그랬던 것 같다. 비록 성장이 더디더라도, 큰 사고와 희생이 없었더라면 더 좋았을 것이다. 하지만 이왕에 일이 벌어진 뒤라면 제이의 말처럼 끝까지 기억하기 그리고 떠난 사람의 몫까지 열심히 살아 주기가 필요한 시점이 아닐까. 제이의 마음이 담긴 노래 '내가 너인 것처럼'이 큰 사고로 아파하는 수많은 사람들에게 작은 희망이 되어 주길 음악 전문 매거진 〈M〉도 기대해 본다.

25

그날 이후, 알 수 없는 번호는 없는 번호가 되어 버렸다. 전화를 걸어도, 문자 메시지를 보내도 응답이 없었다. 그래도 유수는 괜찮았다. 유수는 보관함에 알 수 없는 번호와 주고받은 문자 메시지를 저장해 두었다. 그리고 날마다 이어폰을 끼고 살았다. 이어폰 너머로 제이의 부드러운 음색이 흘러나왔다. 노래는 언제나 '내가 너인 것처럼'이었다.

유수는 점심시간마다 보미, 소혜와 함께 느티나무 아래에 모였다. 그리고 휴대폰을 열어, 그날의 일을 해냈다. 다행히 해야 할 일은 갈수록 줄어들었다.

"우리가 할 일이 싹 사라지는 날도 올까?"

일을 마치고, 보미가 물었다. 눈길은 하늘의 구름을 향한 채였다. 파랗고 높은 하늘에 한 점 떠 있는 구름은 느릿느릿 세상을 염탐했다.

"그런 날도 오겠지."

유수도 보미처럼 고개를 젖히고 구름을 보았다. 구름 뒤로 서연이가 보였다. 눈을 갸름하게 뜨고 셋을 내려다보며 웃고 있는 얼굴이었다.

"왠지 허전해질 것 같다."

소혜가 말을 붙였다. 유수 생각에도 날마다 하던 일이 끝나면 허전할 것 같았다. 하지만 보이지 않는 사람들과의 싸움이 완전히 끝나는 날은 오지 않을 것 같았다. 어디에선가 꼬물거리며 잘못된 기억을 퍼뜨리는 악의적인 사람들이 꼭 있을 거였다.

"혼자가 아니라 다행이야."

유수가 속에 담은 말을 툭 뱉어 냈다. 보미와 소혜가 고개를 돌려 유수를 보았다. 유수는 활짝 미소를 지었다. 혼자였다면 지금처럼 지내지 못했을 거였다. 짙은 안개 속을 헤매며 울고불고, 괴로워하다 스스로 스러지고 말았을 거다.

"요즘 울 엄마, 무슨 법안 제정 촉구 그런 거 하던데?"

보미가 중얼중얼 혼잣소리를 했다. 유수도 엄마에게 들어 아는 내용이었다.

"불특정 다수의 희생자를 만들어 낸 기업 책임자에게 죗값을 물리는 법안이라는데 이제 기초 작업 중이라니 한참 걸리겠지."

"인재 사고가 그렇게 많았는데 여태 그런 법이 없었단 말이야?"

소혜가 의외라는 듯 눈을 동그랗게 떴다. 유수와 보미는 씁쓸한 표정으로 고개를 끄덕였다. 소혜가 주먹을 불끈 쥐고 이를 악물었다. 당장이라도 누군가와 싸움을 벌이고 싶은 듯 보였다. 무슨 일이든 앞에 나서지 않고 조용히 머물던 아이가 소혜였다. 그런데 지난 몇 주간의 일이 소혜를 바꿔 놓은 듯했다.

"아서라. 앞뒤 없이 나서다가 크게 다친다."

보미가 싱글거리며 소혜를 말렸다. 그래도 소혜는 꼭 쥔 주먹을 풀지 않았다. 엄마에게 같은 얘기를 처음 들었을 때 유수도 비슷한 반응을 보였다. 하지만 지금 유수는 차분하게 입을 열었다.

"어른들이 차근차근 바꿔 가겠다 하셨어. 서두르다가 놓치는 게 생기면 안 되니까. 그리고 이제라도 생각을 모아서 나은 방향으로 길을 잡아 놓으면 우리가 어른이 되었을 때 조금은 나은 세상이 될 거라고 하셨어."

"어느 세월에……."

소혜가 얼굴을 구기며 불만을 드러냈다. 유수도 불만이 없지 않았다. 그래도 하는 수 없었다.

"조금 늦더라도 바뀌면 다행이지."

"맞아. 제대로 바꾸는지 정신 똑바로 차리고 지켜봐야 해!"

보미가 목청을 돋우며 주먹을 불끈거렸다.

"우리의 할 일은 끝도 없이 이어지겠군!"

소혜가 씩씩거리던 표정을 풀고 짧게 한숨을 뱉었다. 얼마 전까지의 제 모습을 보는 것 같아 유수는 웃음이 새어 나왔다. 서연이가 함께 있다면, 아니 서연이가 보고 있다면 분명히 기뻐할 거였다. 남아 있는 우리가 바짝 힘을 내고 있으니까.

"너희들 중간고사 준비는 잘하고 있냐?"

보미가 생뚱맞은 질문을 던졌다. 절대 귀담아듣고 싶지 않은 질문이었다. 유수와 소혜는 동시에 귀를 틀어막고 소리를 빽 질렀다. 그러고 보니 중간고사가 얼마 남지 않았다.

"우리 반 애들은 점심시간에도 공부한다고 난리던데!"

보미가 아무렇지 않은 듯 말했다. 유수는 자리에서 벌떡 일어났다.

"서연이가 있었으면 우리 절대 이러고 못 있는다. 알지?"

서연이는 고등학생은 고등학생티를 내야 한다며, 짬짬이 시간이 날 때마다 책을 들여다봤다. 유수와 보미와 소혜가 아무리 구박을 해도 끄떡도 않았다. 꿈에 한 발 가까이 가려면 그래야 한다며, 셋을 들들 볶았다.

보미와 소혜도 엉덩이를 털며 자리에서 일어섰다.

"내일부터 중간고사 끝날 때까지 잠정 휴업! 알았지?"

유수가 목청을 높였다. 보미와 소혜도 오케이를 외치며, 부리나케 걸음을 옮겼다.

예비 종이 울리고, 학교 구석구석 퍼져 있던 아이들이 바쁘게 교실로 향했다.

급식실 뒤편에 우람한 느티나무 그늘이 모처럼 한가로워 보였다.

작가의 말

1분도 안 되는 시간에 건물이 무너지고, 수백 명이 목숨을 잃고 수천 명의 부상자가 발생했습니다. 당시 정부는 갑작스러운 사태에 놀라 북한 테러를 의심하기도 했습니다. 하지만 기막히게도 명백한 인재(人災)였습니다. 누구도 책임지려 하지 않았던, 그리하여 무고한 사람들에게 눈물과 고통, 한(恨)만을 남긴 사고였습니다. 그로부터 20여 년 세월이 흐른 어느 날, 텔레비전 뉴스에서 또다시 기막힌 사건이 보도됐습니다. 수학여행을 가던 325명의 고교생을 포함, 총 476명을 태운 여객선이 침몰됐는데 승객 대부분이 구조의 손길조차 받지 못한 것입니다. 가슴이 쿵 울렸습니다. 한동안 아무것도 할 수 없었습니다. 오래전, 텔레비전에서 보았던 붕괴 사고가 머릿속에 겹쳐졌습니다.

이 글에 등장한 사건은 1995년 6월, 서울 강남의 삼풍백화점 붕괴 사고를 모티브로 합니다. 그때 화면으로 본 사고 장면은 제 머릿속에 깊이 각인된 채 좀처럼 흐려지지를 않았습니다. 그 뒤 대형 참사를 접할 때마다 끊임없이 그 붕괴 장면이 겹쳐 떠올랐습니다.

그러던 중 어느 기관에서 진행한 '기억수집' 작업에 참여하게 되었습니다. 삼풍백화점 붕괴 사고 20주기를 맞아, 그때 그곳에서 참사의 고통을 겪은 수많은 관련자들을 직접 찾고, 만나고, 가슴에 묻어 둔 아픔을 듣고 정리하는 일이었습니다. 제법 긴 시간이 흘렀지만 현장에 있던 많은 분들의 가슴에는 그날 일이 여전히 또렷이 박혀 있었습니다. 유가족이나 부상자는 물론이고, 그날 그곳을 지나가다가 구조에 뛰어든 사람도, 취재를 하기 위해 현장을 찾았던 기자도 마찬가지였습니다. 그 이후, 비슷한 사건 사고가 일어나지 않았다면 조금은 쉽게 치유될 수 있었을까요? 하지만 이 사회는 그런 기회를 쉽게 허락하지 않았습니다. 삼풍백화점 붕괴 사고 이후 우리는 비극적인 참사를 여러 차례 반복해 겪었습니다. 제대로 된 대책을 세우지 못하고 서로의 잘잘못만 따지는 데 시간을 허비해 버린 탓입니다. 그런 이유로 저는 오랜 시간 발로 뛰며 수집한 기억을 더 많은 사람들에게 들려주겠고 다짐했습니다. 제가 가장 잘할 수 있는 방법으로, 소설로 재구성해서 말입니다.

이미 지난 일을 들추는 것은 상처를 덧나게 만드는 일일까요? 과연 잊는 것이 능사일까요? 저는 이 물음에 대한 답을 유수를 통해 찾았습니다.

어른들이 만든 이 부끄러운 참사를 '잊지 않고, 기억하고, 바로잡는 일'을 함께해 주시길 청소년 여러분께 부탁합니다. 그리고 바람이라면 이 이야기가 이 시대를 살아가는 청소년들에게 위로와 응원이 될 수 있으면 좋겠습니다.

최이랑